ANTO
FÁGICA

SET 08
5 AM

Nº 00034
1849
0008
22

Um ensaio de

HENRY DAVID THOREAU

Tradução de
ANDRÉ CZARNOBAI

Artes de
MATEUS ACIOLI

Coordenação editorial	Adriane Piscitelli
Preparação	Marina Góes
Revisão	Antonio Castro
	Marina Munhoz
Projeto gráfico e capa	Mateus Acioli
Diagramação e produção gráfica	Desenho Editorial
Editorial	Roberto Jannarelli
	Victoria Rebello
	Isabel Rodrigues
Comunicação	Mayra Medeiros
	Pedro Fracchetta
	Gabriela Benevides

Textos de:
METEORO BRASIL
JULIANA BORGES
RAFAEL MAFEI
JOÃO MARCELO E. MAIA

Viram o sol nascer quadrado:
DANIEL LAMEIRA
LUCIANA FRACCHETTA
RAFAEL DRUMMOND
&
SERGIO DRUMMOND

A DESOBE-DIÊNCIA CIVIL

Henry David Thoreau

ANTOFÁGICA

APRESENTAÇÃO

por Meteoro Brasil

Em 1930, um pacifista indiano liderou milhares de pessoas em uma marcha histórica contra um monopólio colonialista e impostos abusivos. Em 1955, um ativista norte-americano incentivou um longo boicote ao transporte público depois que uma mulher – negra – foi presa por não ceder seu lugar no ônibus para um homem – branco. No início de 2021, um padre brasileiro removeu blocos de pedra de um espaço público para confrontar uma medida higienista e hostil que restringia a presença de moradores de rua. Um ano depois, artistas de um festival de música com prestígio internacional ignoraram a proibição de manifestações políticas e estimularam, a plenos pulmões, o direito à liberdade de expressão.

O que esses atos pacíficos, vividos em diferentes lugares e protagonizados por pessoas com realidades tão distintas, têm em comum? A desobediência civil. Mahatma Gandhi, Martin Luther King Jr., Rosa Parks, padre Júlio Lancellotti, os artistas do Lollapalooza e um número incalculável de pessoas foram impactados, amplificaram e continuam reverberando os conceitos de Henry David Thoreau, autor do ensaio *A desobediência civil*.

Escrito há quase dois séculos – sob o título original de "Resistência ao governo civil" –, o texto atravessa a história e segue convidando a agir. Para o filósofo estadunidense, todo cidadão tem o dever cívico de desobedecer, sobretudo quando a obediência colabora para o sofrimento coletivo.

No entanto, ele bem sabia: transgressões individuais acarretam punições individuais. Consciente dos efeitos de um ato de protesto, ainda que simbólico, Thoreau expõe os motivos legítimos que o levaram a passar uma noite na prisão: sua recusa a pagar impostos cobrados por um Estado escravocrata e em guerra – injusta – contra o México.

A contragosto, foi solto no dia seguinte – sua dívida, irrisória, foi paga por uma parente, dizem. A passagem pela cadeia serviu para fermentar ainda mais seu repúdio pelo então governo dos Estados Unidos. Ali começava a surgir o que viria a se tornar, anos depois, um dos pilares da desobediência civil não violenta.

Todo texto, qualquer um, renasce a cada leitura. Mas este, caros amigos, já trilhou um longo caminho, inspirou, cresceu e virou instrumento de transformação. Lá atrás, da experiência individual de Thoreau, evoluiu para um manifesto pacífico de muitos, em que os benefícios da coletividade – tantos e tão ricos – ecoam e se retroalimentam do necessário, urgente e decisivo posicionamento público de todos. Porque quando o perigo é real, a coragem também tem de ser.

ANA LESNOVSKI e **ÁLVARO BORBA** são jornalistas e criadores do Meteoro Brasil – um canal do YouTube que, há mais de cinco anos, promove a interseção entre comunicação, cultura, ciência, filosofia, política e direitos humanos.

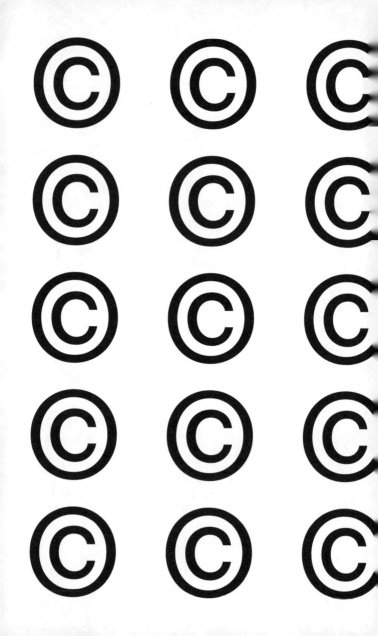

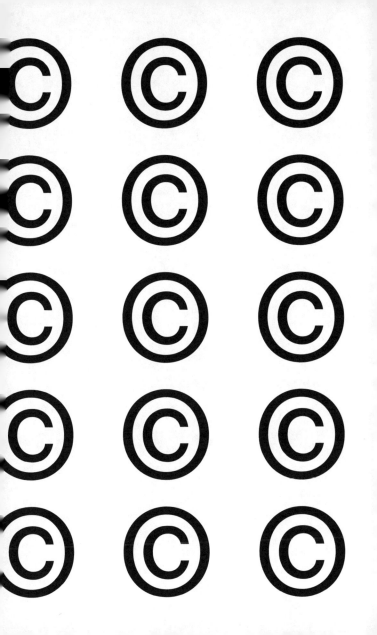

Aceito de bom grado o lema "O melhor governo é aquele que governa menos"; e gostaria de vê-lo implementado de forma mais rápida e sistemática. Concretizado, ele resultaria no seguinte, que é uma coisa em que também acredito: "O melhor governo é aquele que não governa nada"; e, quando os homens estiverem prontos para tal, esse será o tipo de governo que terão. Um governo é, na melhor das hipóteses, uma conveniência; porém, a maioria dos governos é, na maior parte das vezes, e todos são, em algum momento, uma inconveniência. Todas as numerosas e profundas objeções que se pode fazer a um Exército permanente, e que merecem ser abundantes, também podem ser feitas a um governo permanente. Um Exército permanente é apenas um braço de um governo permanente. O governo em si, que nada mais é do que o formato escolhido pelo povo para executar suas vontades, é igualmente suscetível a abusos e distorções antes que esse mesmo povo possa se manifestar por meio dele. Observe, por exemplo, a atual guerra contra o México; trata-se da obra de relativamente poucos indivíduos usando o governo permanente como instrumento pessoal, uma vez que o povo jamais teria concordado com essa medida num primeiro momento.

O que é este governo americano senão uma tradição que, embora recente, tenta transmitir a si mesma, incólume, à posteridade, mas que vai perdendo um pouco de sua integridade a cada instante?

AA

Ele não possui a mesma vitalidade e força de um só homem vivo; uma vez que um só homem vivo é capaz de dobrá-lo às suas vontades. Para o povo, o governo é como uma arma de brinquedo; e, caso as pessoas tentem usá-la umas contra as outras como se fosse uma arma de verdade, ele certamente ruirá. Mas nem por isso ele é menos necessário; o povo necessita da existência de um ou outro maquinário complexo e precisa ouvir seu alarido para satisfazer a própria ideia do que é um governo.

Os governos são prova, portanto, de como os homens podem ser enganados ou como podem enganar a si mesmos em benefício próprio. Isso, devemos reconhecer, é excelente; e mesmo assim esse governo, por si só, jamais incentivou qualquer iniciativa a não ser pela velocidade com que saiu de seu caminho.

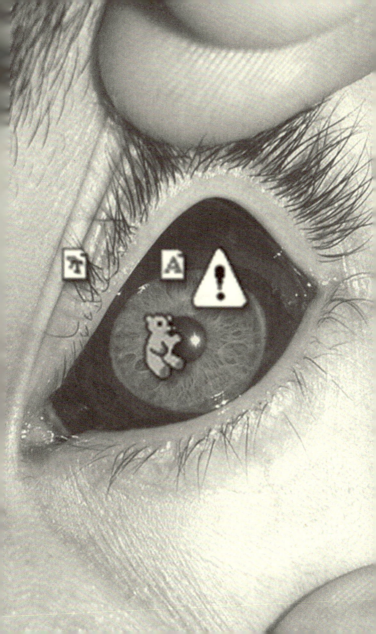

(a) *Ele* não mantém o país livre.

(b)

Ele não povoa o Oeste.

(c) *Ele* não educa.

O caráter inerente ao povo americano foi o responsável por todas essas conquistas; e o povo teria feito ainda mais se o governo não houvesse, eventualmente, ficado em seu caminho.

◆ Pois o governo é uma conveniência, por meio da qual os homens conseguem, com gosto, deixar em paz uns aos outros; e, como já foi dito, quanto mais conveniente o governo for, mais deixará em paz seus governados.
Se não fossem feitos da borracha que vem da Índia, a barganha e o comércio jamais seriam capazes de saltar sobre os obstáculos que os legisladores insistem em impor; e se fôssemos julgar esses homens inteiramente pelos efeitos de seus atos, e não parcialmente por suas intenções, eles mereceriam ser condenados e punidos da mesma forma como os malfeitores colocam obstruções nas ferrovias.

Mas, falando em termos práticos e como cidadão, ⌧ ao contrário daqueles que se proclamam antigoverno, o que proponho de imediato não é que tenhamos governo nenhum, mas que tenhamos, sim, *imediatamente*, um governo melhor. 👁 Se cada homem puder expressar qual tipo de governo ganharia seu respeito, avançaríamos um passo em direção a obtê-lo.

Afinal de contas, uma vez que o poder está nas mãos do povo, a razão prática pela qual se permite que uma maioria governe, e assim permaneça por um longo período, não é porque essa maioria tenha maior probabilidade de fazer o que é certo, nem porque isso pareça justo para a minoria, mas sim por ela ser fisicamente mais forte. Mas um governo no qual a maioria decide em todos os casos não pode estar baseado em justiça, nem mesmo na justiça tal e qual a entendemos.

Não seria possível a existência de um governo no qual não é a maioria que decide, praticamente, o que é certo ou errado, mas sim a consciência?

No qual a maioria decide somente as questões às quais a regra da conveniência se possa aplicar?

> O cidadão deveria, mesmo que apenas por um instante, ou mesmo que minimamente, abrir mão de sua consciência em favor de um legislador?

Para que, então, teríamos uma consciência?

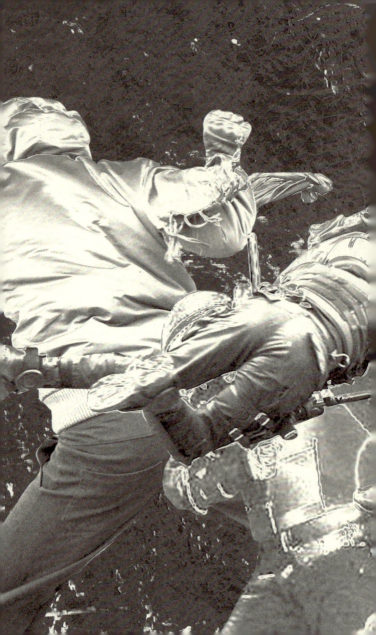

Penso que devemos ser homens em primeiro lugar, para só então sermos súditos. Não é desejável cultivar um respeito pela lei que se equivalha ao respeito pelo que é certo. A única obrigação que tenho o direito de assumir é a de fazer, a qualquer momento, o que penso que é o correto. Costuma-se dizer, de forma muito certeira, que uma corporação não possui consciência; entretanto, uma corporação composta de homens conscientes é uma corporação *consciente*. A lei jamais fez os homens mais justos, nem um pouco que fosse; e, por meio de seu respeito a ela, até os mais bem-intencionados se convertem, diariamente, em agentes da injustiça. Uma consequência comum e natural do respeito indevido pela lei é a visão de uma coluna de soldados, coronéis, capitães, cabos, recrutas, e os demais, marchando em admirável ordem, atravessando colinas e vales em direção à guerra, contra sua vontade e também contra seu bom senso e sua consciência, o que faz dessa marcha de fato muito penosa, que provoca palpitações em seus corações. Eles não têm a menor dúvida de que estão envolvidos numa atividade odiosa, pois todos ali possuem inclinações pacíficas.

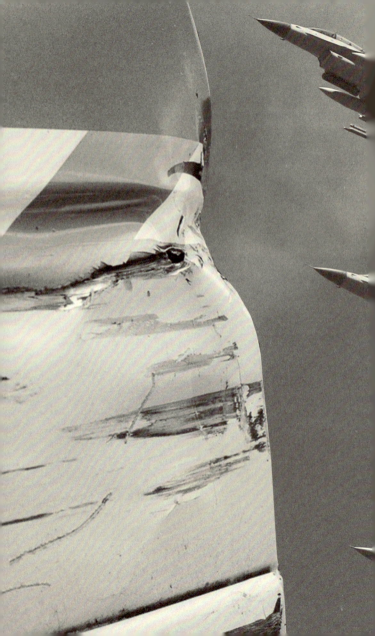

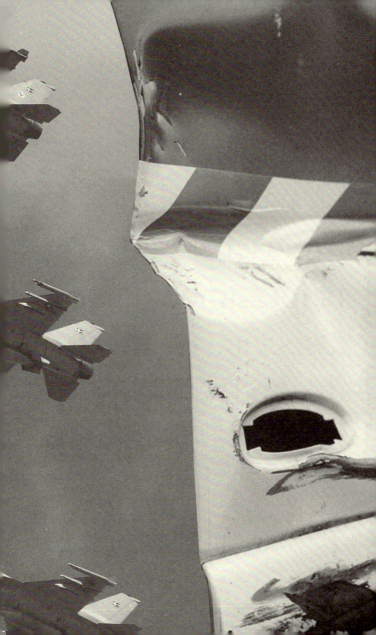

Agora, o que são eles? Será que chegam a ser homens ou não passam de minúsculos fortes e paióis ambulantes a serviço de meia dúzia de inescrupulosos no poder?

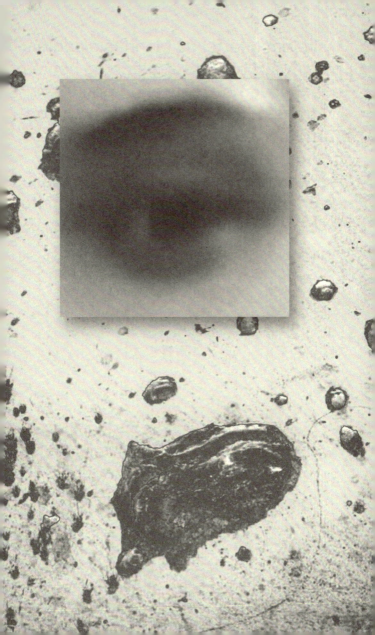

Visite um quartel da Marinha e contemple um fuzileiro naval, o tipo de homem que o governo americano pode forjar, ou transformar com sua feitiçaria, convertido em sombra, em mera lembrança do que é ser humano, um cadáver em vida, de pé, e, como se costuma dizer, enterrado em armas, com direito a um cortejo fúnebre, como, talvez:

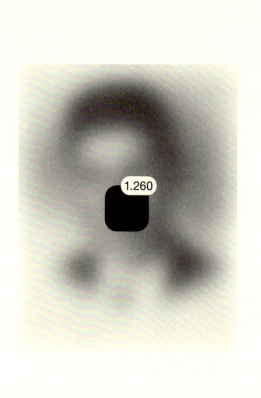

"Não se ouviu um tambor,
sequer uma nota de pesar,

Enquanto às pressas
levávamos seu corpo
para trás das muralhas;

Uma salva de tiros
final, soldado algum
se ouviu disparar

Sobre a cova em que
nosso herói se amortalha."

"Pushover" Would Like to Send You Critical Alerts

Critical Alerts always play a sound and appear on the lock screen even if your iPhone is muted or Do Not Disturb is on. Manage Critical Alerts in Settings.

| Don't Allow | Allow |

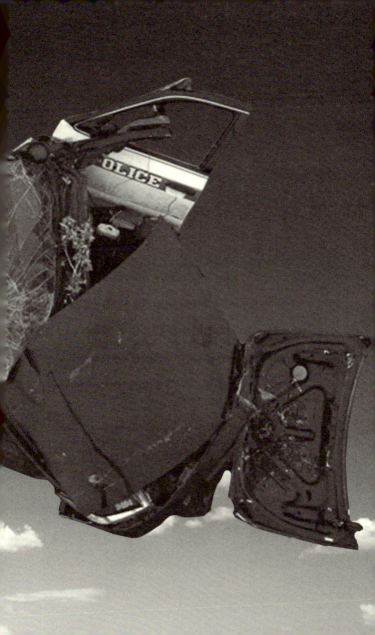

A maioria dos homens, portanto, serve ao Estado não exatamente como homens, mas como máquinas, com seus corpos.

Eles formam seu Exército permanente, e também suas milícias, seus carcereiros, policiais, vigilantes civis etc.

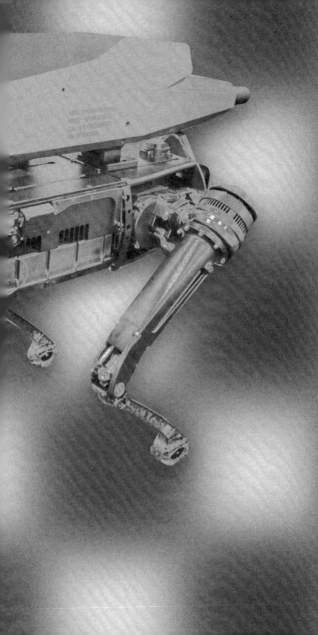

Na maior parte dos casos não existe qualquer livre exercício do juízo nem do senso moral; em vez disso, os homens se colocam no mesmo nível das árvores e da terra e das pedras; talvez se possa fabricar homens de madeira capazes de servir a esse mesmo propósito. Esses homens não merecem mais respeito que um espantalho ou um monte de barro. Seu valor é equivalente ao de cães e cavalos. Todavia, alguns deles são vistos, frequentemente, como bons cidadãos. Outros, como a maioria dos legisladores, políticos, advogados, ministros e funcionários públicos, servem ao Estado sobretudo com suas mentes; e, como é raro que façam qualquer distinção moral, estão bastante propensos a servir, mesmo *sem intenção*, tanto a Deus quanto ao diabo. Apenas uma minoria, como os heróis, os patriotas, os mártires, os reformistas — no melhor sentido da palavra — e os *homens*, serve ao Estado usando também sua consciência e, dessa forma, necessariamente resiste a ele na maior parte do tempo. Esses homens são em geral tratados como inimigos.

Um homem sábio é aquele que se faz útil somente como homem, e que não se sujeita a ser "barro" para "tapar um buraco impedindo que o vento entre", deixando essa tarefa apenas para suas cinzas:

> "Sou nobre demais para ser tornado posse um segundo em comando; nem homem servil nem instrumento de qualquer Estado soberano deste mundo."

Aquele que se doa integralmente a seus pares lhes parece inútil e egoísta; porém aquele que se doa parcialmente a eles é aclamado como benfeitor e filantropo.
Nos dias de hoje, como um homem deve se comportar perante o governo americano? Minha resposta é que não poderá se associar a ele sem cair em desgraça. Nem por um instante sou capaz de reconhecer como *meu* governo uma organização política que é, também, um governo de *escravos*.

Todo homem reconhece o direito a se rebelar; isto é, o direito de negar lealdade e de resistir ao governo quando sua tirania ou sua ineficiência se tornam insuportáveis. Mas quase todos afirmam que não é esse o caso no momento. Porém consideraram ter sido na Revolução de 75.[1] Se alguém me dissesse que esse governo é ruim por taxar determinadas mercadorias importadas que chegam aos seus portos, é muito provável que eu não reclamasse, já que posso seguir vivendo sem elas: toda máquina tem atritos, e é bastante possível que o mal causado por este seja inteiramente contrabalanceado por benefícios. De todo modo, seria muito pior promover um alvoroço por causa disso. Mas quando o atrito acaba tomando conta da máquina, e a opressão e o roubo se tornam organizados, digo que devemos nos livrar dessa máquina. Em outras palavras,

---

1. Revolução da Independência Norte-Americana, de 1775. (N. E.)

quando um sexto da população de uma nação que se propôs a ser um refúgio de liberdade é composta de escravizados, e um país inteiro é invadido injustamente, conquistado por um Exército estrangeiro e submetido à lei militar, penso que não seja precipitado que os homens honestos se rebelem e promovam uma revolução. O que torna esse dever ainda mais urgente é o fato de não sermos o país invadido, mas sim o país do Exército invasor.

Paley, considerado por muitos uma autoridade nas questões morais, em seu capítulo sobre "O dever da submissão ao governo civil", reduz todas as obrigações civis à conveniência; e prossegue dizendo que "enquanto atender aos anseios de toda a sociedade, ou seja, enquanto não for possível resistir ao governo constituído ou mudá-lo sem uma inconveniência pública, é a vontade de Deus que se obedeça ao governo estabelecido, e nada além disso. [...] Uma vez que se determina esse princípio, a justiça de cada caso particular de resistência é reduzida ao cálculo do tamanho da ameaça e ofensa de um lado, e, do outro, da probabilidade e dos custos de reparação". Esse assunto, diz ele, cada homem deve julgar por si. Mas Paley parece jamais ter considerado os casos em que a regra da conveniência não se aplica, nos quais um povo, bem como um indivíduo, deve fazer justiça, custe o que custar.

Se, injustamente, tirei a tábua de salvação de um homem que se afogava, devo devolvê-la a ele mesmo que isso resulte no meu próprio afogamento. Isso, de acordo com Paley, seria inconveniente. Mas quem desejar salvar a própria vida desse modo deverá perdê-la. O povo deste país precisa pôr fim à escravidão e desistir da guerra contra o México, mesmo que isso custe sua própria existência como povo.

Em suas práticas, as nações estão de acordo com Paley; mas será que alguém acha que Massachusetts está fazendo exatamente o que é certo na atual crise?

"Meretriz de classe, prostituta enfeitada em prata, ergue a cauda do vestido enquanto arrasta a alma na lama."

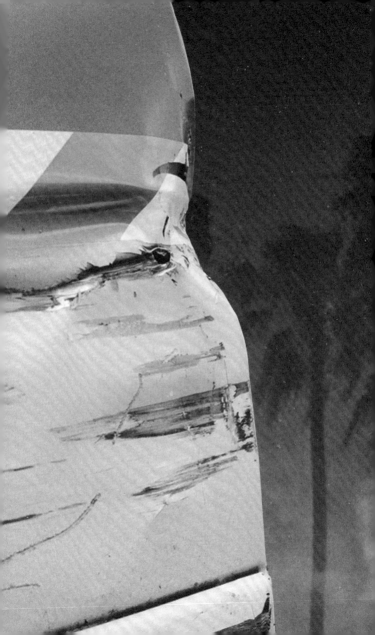

Sendo muito direto, quem se opõe a uma reforma em Massachusetts não são os 100 mil políticos do Sul, mas os 100 mil comerciantes e fazendeiros daqui, mais interessados no comércio e na agricultura do que na humanidade, e que não estão dispostos a fazer justiça aos escravizados e ao México, *custe o que custar*. Luto não contra um inimigo distante, mas sim contra aqueles que, aqui mesmo, cooperam com quem está executando suas ordens de longe, e sem os quais os primeiros seriam inofensivos. Estamos acostumados a dizer que as massas são despreparadas; mas o progresso é lento porque a minoria não é consideravelmente mais inteligente ou melhor que a maioria. Não é tão importante que existam muitos que sejam tão bons quanto você, mas sim que exista a bondade absoluta em algum lugar, pois é isso que fermentará a massa como um todo. Há milhares de pessoas que *em tese* são contrárias à escravidão e à guerra, mas que, na prática, nada fazem para acabar com elas; muitos que, vendo a si como descendentes da linhagem de Washington e de Franklin, cruzam os braços, dizem não saber o que fazer e, portanto, não fazem nada; muitos que chegam a postergar a questão da liberdade em favor da questão do livre--comércio, e, em silêncio, após o jantar, conferem as cotações de preços e as últimas notícias sobre o México.

Talvez até durmam tranquilos depois disso. Mas qual é a cotação de um homem honesto e patriota nos dias de hoje? Eles hesitam, e lamentam, e algumas vezes reclamam; porém não fazem nada a sério ou com algum efeito prático. Eles esperam, de bom grado, que outros combatam o mal para que não precisem mais lamentá-lo. Eles, no máximo, darão seu voto barato e, sem muito entusiasmo, desejarão boa sorte aos que forem fazer o que é certo. Existem 999 defensores da virtude para cada virtuoso; porém é mais fácil lidar com o verdadeiro dono de determinada coisa do que com o seu guardião temporário.

Toda votação é uma espécie de jogo, como damas ou gamão, com um leve verniz moralista, uma brincadeira entre o certo e o errado, permeada por questões morais e naturalmente acompanhada de apostas.

O caráter de quem vota não está sendo avaliado.

É possível que eu dê o meu voto ao que acho que é o certo, mas não estou essencialmente preocupado se o que é certo prevalecerá. Estou disposto a deixar isso nas mãos da maioria. A obrigação do voto, portanto, nunca supera a sua conveniência. Até *votar no que é o certo* equivale a não fazer nada por isso. Trata-se apenas de expressar timidamente para os demais o seu desejo de que o certo prevaleça.

Um homem sábio jamais deixaria o que é certo à mercê do acaso, nem desejaria que ele prevalecesse pela força da maioria.

Há muito pouca virtude nas ações da coletividade. Quando enfim a maioria votar pela abolição da escravatura será por sua indiferença a ela ou por restar muito pouca escravidão a ser abolida por seus votos. Serão *eles*, então, os únicos escravizados. Somente o voto de quem afirma a própria liberdade com tal gesto pode acelerar a abolição da escravatura.

Ouvi falar sobre uma convenção que será realizada em Baltimore, ou em algum outro lugar, para a escolha de um candidato à Presidência, e que reunirá sobretudo editores de jornais e políticos profissionais. Pensei: o que significaria para qualquer homem independente, inteligente e respeitável a decisão à qual eles chegarão? Não deveríamos poder contar com sua sabedoria e honestidade em todo caso? Não podemos contar com alguns votos independentes? Não há no país tantos indivíduos que não participam de convenções? **Mas não: descobri que esse suposto homem respeitável abdica imediatamente de sua posição e perde as esperanças em seu país, quando seu país teria muito mais motivos para perder as esperanças nele. Sem demora, esse homem adota um dos candidatos escolhido dessa maneira como se fosse o único *disponível*, provando, assim, que é ele quem**

está *disponível* aos propósitos dos demagogos. Seu voto não tem mais valor do que o de qualquer estrangeiro sem princípios, ou de qualquer nativo mercenário que talvez tenha sido subornado. Ah, mas um homem que é um *homem* e, como dizem meus compatriotas, que tenha uma espinha dorsal não se deixa dobrar! Nossas estatísticas estão erradas: a população é menor do que diz a estimativa.

Quantos *homens* existem a cada mil milhas quadradas neste país? Mal chega a um. Será que os Estados Unidos não oferecem algum incentivo para que os homens se estabeleçam por aqui? Os americanos foram reduzidos a membros da Odd Fellow.[2]

2. **Odd Fellow** (ou **Oddfellowship**) é uma das mais antigas sociedades fraternas internacionais. (N. E.)

Odd Fellow:

Indivíduos provavelmente conhecidos por seu caráter drasticamente gregário, sua manifesta falta de inteligência e sua orgulhosa autoconfiança; alguém cuja preocupação central, quando é trazido a este mundo, é certificar-se de que os abrigos para pobres estejam em bom estado; e antes mesmo que possa vestir as roupas de um adulto já está recolhendo doações para as viúvas e os órfãos que possam existir; um sujeito que, em resumo, só se aventura a viver com a ajuda da Companhia de Seguros Mútuos, que lhe prometeu um funeral decente.

Na verdade, não é dever de homem nenhum se dedicar à erradicação de qualquer mal, mesmo o maior de todos; ele pode muito bem estar imerso em outras preocupações. Mesmo assim, é seu dever, no mínimo, lavar as mãos em relação a essa questão e, como não terá mais que se preocupar com ela, também não deve lhe dar nenhum apoio em termos práticos. Se escolho me dedicar a outros objetivos e reflexões, primeiro preciso me assegurar de que, no mínimo, não estou fazendo isso enquanto me sento nos ombros de outro homem. Antes de tudo, tenho de sair de cima dele, para que ele, também, possa perseguir seus próprios objetivos. Observem o tamanho da contradição que se tolera. Já escutei alguns de meus conterrâneos dizendo: "Queria só ver me convocarem para reprimir uma rebelião de escravos, ou para lutar no México. Até parece que eu iria". **No entanto,** esses mesmos homens bancaram o custo de enviar alguém em seu lugar, seja de forma direta, por sua lealdade ao governo, ou ao menos de maneira indireta, por uso de seu dinheiro. O soldado que se recusa a lutar numa guerra injusta é aplaudido pelos mesmos homens que não se recusaram a apoiar o governo injusto que faz a guerra; é aplaudido pelos mesmos homens cujas ações e autoridade desdenham e desprezam. É como se o Estado se penitenciasse a ponto de empregar alguém que o castigasse enquanto peca, mas não o bastante para parar de pecar por um instante sequer. Assim, em nome da ordem e do governo civil, somos todos obrigados a homenagear e apoiar nossa própria sordidez. Passado o rubor inicial do pecado vem a indiferença, e o que era imoral se torna, de certa forma, amoral, e não tão desnecessário assim à vida que vivemos.

O erro mais óbvio e comum exige a mais desinteressada das virtudes para sustentá-lo.

As leves críticas que a virtude do patriotismo está mais sujeita a receber são feitas, em geral, pelos membros da nobreza. Aqueles que, mesmo desaprovando o caráter e as medidas de um governo, mantêm sua lealdade e seu apoio são, inquestionavelmente, seus mais zelosos defensores e, com grande frequência, os maiores obstáculos às reformas. Há quem clame ao Estado para que dissolva a União e desconsidere as solicitações do presidente. Mas por que eles mesmos não dissolvem a união que existe entre eles e o Estado e se recusam a pagar sua parcela de impostos? Eles não mantêm com o Estado a mesma relação que o Estado mantém com a União? E não seriam os mesmos motivos que impedem o Estado de romper com a União aqueles que os impedem de romper com o Estado?

Como pode um homem ficar satisfeito em simplesmente ter uma opinião e se deleitar com *ela*? Caso a sua opinião seja a de que está sendo lesado, existirá esse deleite? **Se um vizinho seu lhe roubar um dólar que seja, você não ficará satisfeito ao saber que foi roubado, ou em dizer que foi roubado, ou mesmo exigir que o vizinho lhe devolva o dinheiro; em vez disso, você toma providências imediatas e efetivas para recuperar essa quantia e garantir que não seja roubado de novo. Uma ação baseada num princípio — a percepção e a execução do direito — altera coisas e relações; essa ação é fundamentalmente revolucionária e não condiz de todo com nada preexistente. Ela não apenas divide Estados e Igrejas, mas também famí-**

lias; e, inclusive, o *indivíduo*, separando o diabólico do divino que habita em si.

Leis injustas existem: devemos nos resignar a obedecer a elas, nos esforçar para melhorá-las e seguir obedecendo-lhes até que mudem ou simplesmente desobedecer-lhes? **Em geral, num governo como este, os homens acham que devem esperar até que tenham persuadido a maioria a alterá-las. Eles creem que, se resistissem ao governo, a cura seria pior que a doença. Porém é culpa do próprio governo que a cura seja, de fato, pior que a doença. É o *governo* que deixa tudo pior.** Por que ele não consegue se antecipar e promover as reformas? Por que não é capaz de valorizar sua sábia minoria? Por que reclama e resiste antes de ser atacado? Por que não incentiva os cidadãos a apontar suas falhas e obter um desempenho *melhor* do que eles lhe exigem? Por que o governo sempre crucifica Jesus

Cristo, excomunga Copérnico e Lutero, e considera Washington e Franklin rebeldes?

Pode-se especular que a negação deliberada e prática de sua autoridade tenha sido a única transgressão que o governo jamais considerou.

De outro modo, por que não estabeleceu uma pena categórica, adequada e proporcional? Se um homem sem posses se recusa, uma vez que seja, a contribuir com nove xelins para o Estado, ele é colocado na prisão por um período cujo limite não está estabelecido em qualquer lei que eu conheça, e determinado exclusiva e arbitrariamente por aqueles que o puseram ali. Porém, se tivesse roubado do Estado noventa vezes os mesmos nove xelins, teria sido posto em liberdade sem demora.

Se a injustiça é parte do atrito inevitável ao funcionamento da máquina do governo, que assim seja: quem sabe isso acabe por azeitá-la, o que decerto provocará o seu desgaste. Se a injustiça possui uma mola, uma polia, um cabo ou uma manivela dedicada exclusivamente a si, quem sabe talvez possamos ponderar se a cura de fato não seria pior do que a doença; se for, porém, de tal natureza que exija que você se torne o agente da injustiça para com outrem, então eu digo: que se transgrida a lei. Faça de sua vida uma força contrária ao atrito que detenha a máquina. É necessário estarmos atentos para que, de modo algum, sirvamos ao mesmo mal que condenamos.

Quanto a aplicar os métodos que o Estado oferece para combater esses males, nada sei a respeito. Levam muito tempo, e a vida de um homem é muito curta. Tenho outros assuntos aos quais pretendo me dedicar. Meu principal objetivo neste mundo não é fazer dele um bom lugar para se viver, mas apenas viver nele, seja bom ou mau. Um homem não deve fazer tudo, e sim alguma coisa; mas só porque não se pode fazer *tudo* não precisa, necessariamente, fazer algo *da maneira errada*. Não tenho mais obrigação de apresentar reivindicações ao governo e ao legislativo do que eles em relação a mim; e, caso decidam não escutar meus apelos, o que devo fazer? **Nesse caso, o Estado não ofereceu nenhuma alternativa: é em sua própria Constituição que reside o mal. Talvez isso soe rude, intransigente e hostil; mas só se deve tratar com o máximo de gentileza e consideração quem o faz por merecer ou for capaz de apreciar. E é desse modo que ocorre toda mudança para melhor, como a morte e o nascimento, promovendo convulsões pelo corpo.**

Não hesito em dizer que aqueles que se consideram abolicionistas deveriam, imediata e efetivamente, retirar seu apoio pessoal e financeiro ao governo de Massachusetts, em vez de ficar esperando até que sejam uma maioria no poder, para só então implementá-la. Acredito já ser

mais do que suficiente saber que Deus está ao seu lado, sem precisar esperar por um último voto decisivo. Além do mais, qualquer homem que é mais justo que seu semelhante já constitui uma maioria apertada.

Encontro-me frente a frente, diretamente, com este governo americano ou com seu representante, o governo estadual, apenas uma vez por ano, não mais do que isso, na figura do coletor de impostos; é o único modo pelo qual um homem em minha posição irá, por obrigação, encontrá-lo; e é nesse momento que ele diz, de forma muito clara, "Reconheça-me". E a maneira mais simples, eficiente e, na atual situação, mais indispensável de lidar com ele sobre tal assunto, de expressar insatisfação e desgosto com ele, é negá-lo. É com o coletor de impostos, meu semelhante e concidadão, com quem devo lidar — uma vez que, no fim das contas, minha briga é com homens, e não com pergaminhos —, um homem que por vontade própria escolheu ser um agente do **governo.** Como ele saberia, de forma clara, quem ele é, o que ele faz enquanto funcionário do governo, ou enquanto homem, até que se veja obrigado a decidir como trataria a mim, seu semelhante, alguém que ele respeita: como um homem de bem igual a ele, ou como um maníaco desordeiro? Seria ele, então, capaz de superar esse obstáculo à sua urbanidade sem um pensamento ou uma fala mais rudes e impetuosos equivalentes à sua ação? **Uma coisa eu sei: se mil, cem, ou dez homens que conheço — mas dez homens *honestos* apenas —, puxa, se apenas *um* homem HONESTO em toda Massachusetts *abrisse mão de seus escravizados* e encerrasse seu vínculo com o Estado e fosse preso em seguida, isso representaria nada menos que a abolição da escravatura nos Estados Unidos. Não importa o quão insignificante pareça o começo: aquilo que se faz bem-feito está feito para sempre. Porém, preferimos apenas falar sobre o assunto, dizemos que essa é a nossa missão. Contamos com diversos jornais nas trincheiras do abolicionismo, mas não há um homem sequer. Se meu estimado conterrâneo embaixador do Estado, que dedica seus dias a resolver a questão dos direitos humanos na Câmara do Conselho, em vez de ser ameaçado com a prisão na Carolina, fosse preso em Massachusetts, um Estado que se apressa em apontar o dedo ao irmão no que diz respeito ao pecado da escravidão — embora no momento não encontre nada além de uma postura pouco hospitaleira como motivo para brigar com ele —, nosso legislativo jamais deixaria totalmente de lado o assunto da escravidão até o próximo inverno.

Num governo que prende injustamente qualquer um, o verdadeiro lugar de um homem justo é também a prisão. No momento, o lugar mais apropriado, o único lugar que Massachusetts reserva aos seus espíritos mais livres e menos desiludidos é a prisão, onde serão trancafiados e excluídos do Estado por obra, agora, deste mesmo Estado, uma vez que já haviam eles mesmos se excluído por seus princípios. É nesse local que se encontrarão com os escravizados fugitivos, os detentos mexicanos em liberdade condicional e os nativos, e ouvirão as denúncias das injustiças cometidas contra seus povos; esse território apartado — embora mais livre e honrado — no qual o Estado coloca aqueles que não estão ao seu lado, mas sim contra ele, é o único espaço num Estado de escravizados que um homem livre e decente pode tolerar. Se você acredita que a influência dessas pessoas se encerraria ali, que suas vozes deixariam de atormentar os ouvidos do Estado, que o antagonizariam menos por estarem confinadas entre seus muros, você não faz ideia do quanto a verdade é mais forte que o erro, nem como se torna mais eloquente e efetiva

a luta contra a injustiça pelas mãos de quem a tenha experimentado na própria pele. Vote por inteiro, não deposite apenas um pedaço de papel na urna, mas toda a sua intenção. Quando se conforma à maioria, uma minoria é inerte; sequer é uma minoria; mas torna-se irresistível quando interfere com toda a sua força. Se a alternativa fosse prender todos os homens justos ou abrir mão da guerra e da escravidão, o Estado não hesitaria em sua escolha. Se mil homens não pagassem seus impostos este ano, essa seria uma medida menos violenta e sanguinária do que pagá-los, permitindo que o Estado agisse com violência e derramasse o sangue de inocentes. Na verdade, essa seria a própria definição de uma revolução pacífica, se é que isso é possível. Se um coletor de impostos ou qualquer outro funcionário público me perguntar, como já me perguntaram,

"Mas o que eu posso fazer?", minha resposta é: "Se você realmente quer fazer alguma coisa, renuncie ao seu cargo. Quando o súdito rejeitar a lealdade e o funcionário renunciar ao seu cargo, a revolução estará concluída". Mas suponhamos que haja violência. Uma agressão à consciência não seria também uma espécie de violência?

Por essa ferida escorre a mais profunda humanidade e imortalidade de um homem, e ele sangra até sua morte eterna. Vejo esse sangue correndo agora mesmo.

Refleti sobre a prisão do contraventor. Não exatamente sobre o confisco de seus bens — embora ambas as reflexões sirvam ao mesmo propósito —, porque quem defende os direitos em sua forma mais primitiva, sendo, por conseguinte, os indivíduos mais perigosos para um Estado corrupto, em geral não gasta muito tempo acumulando bens e propriedades. Para esse tipo de gente, o Estado presta serviços irrisórios, por assim dizer, e mesmo um imposto módico tende a ser visto como exorbitante, sobretudo quando são obrigados a pagá-los com o trabalho de suas próprias mãos. Se existisse alguém capaz de viver totalmente sem dinheiro, o Estado hesitaria em cobrá-lo por isso. Porém o homem rico — sem querer fazer aqui uma comparação difamatória — sempre se vende à instituição que o enriquece. De modo geral, quanto mais dinheiro, menos virtude;

uma vez que o dinheiro se insere entre o homem e seus objetivos, e os obtém para ele; por certo não há grande virtude em fazê-lo. O dinheiro silencia muitas perguntas que, em outras circunstâncias, o homem seria obrigado a responder; e a única pergunta que ele lhe faz, em troca, é a difícil porém supérflua questão de como gastá--lo. A base de sua moral, assim, lhe é retirada. As oportunidades de viver diminuem de forma inversamente proporcional ao acúmulo do que chamamos de "meios". A melhor coisa que um homem pode fazer por sua cultura quando enriquece é botar em prática todos os planos que tinha quando era pobre. Jesus respondeu aos herodianos de acordo com a condição deles. "Mostrai o dinheiro do tributo", disse ele; e um dos homens tirou uma moeda do bolso; se vocês usam dinheiro com a imagem de César, que ele pôs em

circulação e ao qual ele deu valor, ou seja, *se vocês são homens do Estado* e usufruem, satisfeitos, das vantagens do governo de César, então paguem-no por isso quando ele assim vos pedir; "Dai, portanto, a César o que é de César, e a Deus o que é de Deus"; o que os deixou tão ignorantes quanto antes sobre qual seria qual; pois não desejam saber.

Ao conversar com meus conterrâneos mais livres, percebo que, seja lá o que digam sobre a magnitude e a seriedade da questão e em relação à sua preocupação com a tranquilidade pública, no fim das contas eles não podem dispensar a proteção do governo vigente e temem as consequências que sua desobediência teria sobre suas propriedades e suas famílias. De minha parte, não gosto de pensar que teria de confiar, algum dia, na proteção do Estado. Porém, se eu negar a autoridade do Estado quando ele me cobra impostos, ele não hesitará em confiscar e liquidar meus bens e propriedades, e depois incomodará eternamente a mim e aos meus herdeiros. Isso é duro. Isso impossibilita que um homem viva uma vida ao mesmo tempo honesta e confortável no que diz respeito ao reconhecimento de seus pares. Acumular propriedades não vale a pena; elas decerto serão confiscadas em algum momento. Você deve arrendar ou ocupar um pedaço de terra, começar um pequeno cultivo e consumir rapidamente toda a sua produção. Você precisa viver dentro dos seus próprios limites, depender apenas de si mesmo, estar sempre preparado para recomeçar e não estabelecer muitos projetos. Se for um bom súdito do governo em todos os sentidos, um homem pode ficar rico até na Turquia. Confúcio disse:

"Se um Estado é governado pelos princípios

da razão, a pobreza e a miséria são motivos de vergonha; se um Estado não é governado pelos princípios da razão, a riqueza e os privilégios são motivos de vergonha".

Não: enquanto eu não exigir que a proteção do estado de Massachusetts me seja estendida num distante porto no sul do território, ameaçando a minha liberdade, ou até que eu me encontre construindo, pacificamente, um patrimônio nesta região, posso me dar ao luxo de recusar lealdade ao governo, além de negar seus direitos sobre a minha propriedade e a minha vida. Me custa menos, em todos os sentidos, incorrer na pena de desobedecer ao Estado do que obedecer-lhe. Eu me sentiria um inútil se o fizesse.

O Estado me procurou, há alguns anos, em nome da Igreja, exigindo que eu pagasse uma certa quantia destinada a um determinado sacerdote a cujas pregações meu pai comparecia, mas jamais eu mesmo. "Pague", disse o Estado, "ou será jogado na cadeia." Recusei-me a pagar. Porém, infelizmente, outro homem achou justo fazer o pagamento. Não consigo entender por que um professor deveria ser taxado para sustentar um sacerdote, enquanto um sacerdote não é taxado para sustentar um professor; uma vez que eu não era um professor do Estado, e sim me sustentava com contribuições voluntárias. Não consigo entender por que a escola não deveria exigir que o Estado cobrasse impostos em seu nome, como faz a Igreja. Entretanto, a pedido dos conselheiros municipais, concordei em fazer a seguinte declaração por escrito: "Saibam todos pela presente declaração que eu, Henry Thoreau, não quero ser visto como membro de qualquer sociedade constituída à qual eu não tenha me associado". **Entreguei o documento ao secretário da câmara municipal e sei que está com ele até hoje. O Estado, ao tomar conhecimento de que eu não queria ser considerado membro daquela igreja, nunca mais me fez exigência parecida, mesmo tendo declarado que se manteria fiel à sua presunção original daquela época. Se soubesse nomear todas, eu teria me desligado meticulosamente de cada uma das organizações às quais jamais havia me associado; mas não fui capaz de encontrar uma lista tão completa.**

==Não pago o imposto individual há seis anos.== Certa feita, passei uma noite preso por causa disso; e, no tempo em que fiquei ali, contemplando as paredes de pedra maciça com dois ou três pés de espessura, a porta de madeira e ferro de um pé de espessura, e as grades de ferro que filtravam a luz, não pude deixar de me espantar com a imbecilidade de uma instituição que me tratava como se eu fosse simplesmente um amontoado de carne, sangue e ossos passível de ser trancafiado. Também fiquei pensando que o Estado deve ter concluído, após muita reflexão, que aquele era o melhor uso que poderia fazer de mim, sem jamais cogitar se aproveitar de meus serviços de outra maneira. Percebi que, embora existisse uma parede de pedra me separando dos meus conterrâneos, eles ainda precisariam escalar ou derrubar uma barreira muito mais difícil se quisessem ser tão livres quanto eu. Não me senti confinado por nem um momento sequer, e aquelas paredes me pareceram um tremendo desperdício de pedra e argamassa. A sensação era de ser o único dos meus conterrâneos que pagou seu imposto.

Era evidente que não sabiam como me tratar, e, portanto, agiram como ignorantes. Cada ameaça e cada adulação eram igualmente equivocadas; pois achavam que o que eu mais desejava era estar do outro lado daquela parede de pedra. Não pude conter um sorriso ao pensar na maneira diligente com que trancavam a porta tentando aprisionar minhas ideias, que, desimpedidas, os perseguiam da mesma forma, ignorando quaisquer obstáculos, pois era *nelas* que o perigo, de fato, residia. Como não podiam me atingir, decidiram castigar meu corpo; tal e qual crianças que, incapazes de atacar outra que odeiam, fazem mal ao seu cão. Percebi que o Estado era burro, que era tímido como uma solteirona com sua prataria, incapaz de separar amigos de inimigos. Perdi todo o respeito que ainda tinha por ele e passei a sentir pena.

Dessa forma, o Estado jamais confronta intencionalmente o senso intelectual ou moral de um homem, mas apenas seu corpo e seus sentidos. Não é dotado de inteligência ou de honestidade superiores, somente de mais força física. Não nasci para ser obrigado a nada. Respirarei à minha própria maneira. Veremos quem é o mais forte. Que força tem uma multidão? Só pode me obrigar a obedecer quem obedece a uma lei superior à minha. Querem me obrigar a ser como eles. Nunca fiquei sabendo de homens que tenham sido forçados a viver desse ou daquele jeito por uma multidão. Que vida seria essa? Se me deparo com um governo que diz "seu dinheiro ou sua vida", por que deveria de pronto dar meu dinheiro? Pode ser que esteja passando por enormes dificuldades, que não saiba o que fazer: mas não posso ajudá-lo com isso. O governo deve cuidar de si próprio, assim como eu faço. Não adianta se lamuriar sobre isso. Não sou o responsável pelo bom funcionamento da máquina social. Não sou o filho do maquinista. O que sei é que quando caem lado a lado uma bolota de carvalho e uma castanha, nenhuma das duas fica paralisada para que a outra viceje.

Cada uma segue suas próprias leis, brotando, crescendo e florescendo da melhor maneira possível, até que uma delas, talvez, acabe ofuscando e destruindo a outra.

Se uma planta não é capaz de viver de acordo com sua natureza, ela morre; com o homem se dá o mesmo.

A noite que passei na prisão foi bastante singular e interessante. Quando cheguei, os detentos, vestindo camisas de manga comprida, conversavam perto da entrada, aproveitando a brisa noturna. Mas logo o carcereiro disse: "Vamos, rapazes, está na hora de trancar as portas". Então fiquei ali ouvindo o som de seus passos enquanto retornavam para suas celas vazias. Meu companheiro de cela me foi apresentado pelo carcereiro como sendo "um sujeito de primeira e um homem muito esperto". Quando a porta foi trancada, ele me mostrou onde eu poderia pendurar meu chapéu e me explicou como as coisas funcionavam por ali. As celas eram caiadas uma vez por mês; a nossa era a mais branca, com os móveis mais simples e, quiçá, a mais arrumadinha de toda a cidade. Naturalmente ele quis saber de onde eu era e o que me levara até ali; e, depois de

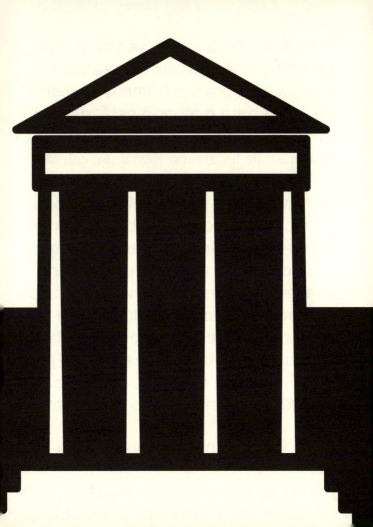

lhe contar, foi a minha vez de perguntar por que ele estava ali, presumindo, é claro, que era um homem honesto; do jeito como o mundo está, de fato creio que ele era. "Bem", ele disse, "me acusaram de ter ateado fogo a um celeiro, mas não fui eu." Até onde pude entender, provavelmente ele se deitara, bêbado, num celeiro, e o cachimbo que fumou antes de dormir provocara o incêndio. Sua reputação era a de um homem inteligente, já esperava havia cerca de três meses pelo seu julgamento e teria de esperar ainda mais; porém estava bastante tranquilo e satisfeito ali, já que tinha casa e comida de graça e considerava estar sendo bem tratado.

Ele ocupava uma das janelas, e eu a outra; logo percebi que se alguém ficasse por um longo período ali, sua principal atividade seria olhar pela janela. Em pouco tempo eu havia lido todos os

panfletos que encontrei, examinado os lugares por onde outros prisioneiros haviam escapado, visto onde uma grade havia sido serrada e ouvido as histórias dos diversos ocupantes daquela cela; descobri que mesmo ali existiam histórias e boatos que não circularam do outro lado daquelas paredes. Provavelmente a prisão é o único lugar da cidade em que se escrevem versos que são, em seguida, impressos em formato de circular, mas que jamais são publicados. Me foi mostrada uma lista enorme de poemas feitos por jovens que tiveram suas tentativas de fuga frustradas e que se vingaram recitando seus versos.

Fiz o máximo de perguntas que pude ao meu companheiro de cela, temendo que jamais o visse novamente; mas, por fim, ele indicou qual era a minha cama e me deixou com a missão de apagar a lamparina.

Passar aquela noite ali foi como viajar a um país distante, que jamais imaginei conhecer. Tive a impressão de nunca ter escutado o relógio da cidade bater, nem os sons noturnos do vilarejo; dormíamos com as janelas abertas, já que eram gradeadas por fora. Foi como ver minha cidade natal à luz da Idade Média, e nosso humilde Concord se transformou no caudaloso Reno, e imagens de cavaleiros e castelos desfilaram à minha frente. As vozes dos antigos burgueses era o que eu ouvia nas ruas. Fui espectador e ouvinte involuntário de tudo o que se fazia e dizia na cozinha da estalagem que ficava ao lado — uma experiência rara e totalmente nova para mim. Experimentei uma visão muito íntima de minha cidade natal, na qual estava profundamente inserido. Antes de ser preso, eu nunca havia observado suas instituições. Aquela onde eu estava era uma das mais peculiares, por estar na sede do condado. Comecei a entender as motivações de seus habitantes.

Pela manhã, nosso desjejum foi passado para dentro da cela por um buraco na porta, em marmitas de lata retangulares e com cantos arredondados, que continham meio litro de chocolate, pão integral e uma colher de ferro. Quando vieram pedir as marmitas de volta, fui tão inocente que quis devolver o pão que não comi, mas meu companheiro o pegou e disse que eu deveria guardá-lo para o almoço ou o jantar. Logo em seguida deixaram-no sair para ir a um campo de feno nas redondezas, onde ele trabalhava todos os dias, e do qual não voltaria antes do meio-dia. Então ele me desejou um bom-dia e disse que duvidava que nos víssemos novamente.

Quando saí da cadeia — porque alguém interferiu e pagou meu imposto

—, não percebi grandes transformações na realidade imediata como percebem aqueles que entram na prisão ainda jovens e saem de lá grisalhos; mesmo assim, aos meus olhos, houve uma mudança em meu modo de ver a cidade, o Estado e o país, uma mudança muito maior do que aquela que tivesse sido provocada pela mera passagem do tempo. Entendi com muito mais clareza o Estado em que vivia. Descobri até que ponto poderia confiar que as pessoas ao meu redor seriam boas vizinhas e amigas; e vi que estariam ao meu lado apenas nos bons momentos; que não faziam muita questão de agir corretamente; que, por seus preconceitos e suas superstições, pertenciam a uma outra raça, bem diferente da minha, como os chineses e os malaios; que não colocavam nada em risco em seus sacrifícios pela humanidade, nem mesmo

suas propriedades; que, no fim das contas, não eram assim tão nobres, pois dispensam ao ladrão o mesmo tratamento que este os dispensou, e acreditam que podem salvar suas almas se observarem determinadas regras, fizerem meia dúzia de preces e andarem, de tempos em tempos, num caminho específico de retidão que é, contudo, inútil. Talvez eu esteja sendo demasiado severo nesse modo de ver meus semelhantes, mas creio que a maioria deles não está ciente do fato de que, em seu vilarejo, existe uma instituição como a prisão.

No passado havia, em nosso vilarejo, o costume de saudar os pobres devedores que saíam da cadeia encarando-os por trás dos dedos cruzados, de modo a representar as grades da prisão, perguntando: "Como vai?". Meus conterrâneos não me cumprimentaram dessa maneira, apenas me olharam e depois uns para os outros, como se eu tivesse regressado de uma longa jornada. Fui preso quando estava indo ao sapateiro buscar um calçado que havia sido reparado. Quando me soltaram na manhã seguinte, tratei de buscar meus sapatos e, após calçá-los, juntei-me a um grupo que saía para colher frutas silvestres e que fazia muita questão de que eu os liderasse. Dentro de meia hora — pois me foi providenciado um cavalo sem demora —, estava no meio de um campo repleto de frutas silvestres, num dos morros mais altos da cidade, a três quilômetros do centro. Dali não era possível ver nenhum sinal do Estado.

Esta
a
compl
"
prisõe

Nunca me recusei a pagar o imposto rodoviário, já que desejo ser um bom vizinho tal e qual ser um péssimo súdito; e quanto a financiar escolas, faço a minha parte educando meus concidadãos. Não me recuso a pagar meus impostos por algum item específico. Desejo apenas recusar lealdade ao Estado, me afastar e permanecer desconectado dele de maneira efetiva. Não me interessaria acompanhar a trajetória do meu dinheiro, caso fosse possível, até que ele pagasse pelo salário de um homem ou comprasse uma arma para matá-lo: o dinheiro é inocente. Porém me interessa acompanhar os efeitos de minha obediência. A verdade é que estou declarando uma guerra silenciosa ao Estado, à minha maneira, embora siga fazendo uso e tirando vantagens dele sempre que posso, como costuma acontecer nesses casos.

Se outros pagam o imposto que me é cobrado por simpatizarem com o Estado, estão fazendo simplesmente o que já haviam feito ao pagarem os seus; ou melhor, estimulam uma injustiça além dos limites que o próprio Estado lhes exigiu. Quando pagam o imposto alheio com base num interesse equivocado pelo indivíduo que não o faz, seja para salvar sua propriedade ou para evitar que seja preso, é porque não refletiram o suficiente sobre o quanto estão permitindo que suas emoções interfiram no bem público.

Esta é, portanto, minha posição neste momento. Mas não se deve ficar exageradamente na defensiva nesses casos, sob o risco de que nossas ações acabem influenciadas

pela obstinação ou por uma interpretação equivocada das opiniões alheias. Que façamos apenas aquilo que nos for adequado e oportuno.

Às vezes penso que o povo é bem-intencionado, porém ignorante, e que agiria melhor se soubesse como fazê-lo. Por que expor nossos concidadãos ao incômodo de tratar-nos de modo não condizente às suas inclinações? Entretanto, quando penso melhor, vejo que não há motivo para agir como eles, nem para permitir que outros sofram incômodos muito maiores, ainda que de outras naturezas. E, novamente, digo às vezes a mim mesmo: quando milhões de homens, sem ardor, sem beligerância, sem emoções pessoais de qualquer tipo, lhe exigem apenas uns poucos xelins, sem que exista a possibilidade, por conta de seu temperamento, de recusar ou de modificar essa exigência, e sem que exista a possibilidade, de sua parte, de recorrer a outros milhões de homens, por que se expor a uma força bruta tão avassaladora? Você não resiste ao frio e à fome, ao vento e às ondas com tamanha perseverança; rende-se, sereno, a mil imposições similares. Você não coloca sua cabeça no fogo. Porém, na medida exata em que não considero que essa força é inteiramente bruta, mas parcialmente humana, e levando em conta que tenho relações tanto com esses milhões de homens quanto com outros milhões — e não com coisas brutas ou inanimadas —, constato que é possível recorrer, sobretudo e de imediato, ao seu Criador e, em segundo lugar, a eles próprios. Mas, se coloco deliberadamente minha cabeça no fogo, não posso recorrer ao fogo ou ao Criador do fogo e só poderei culpar a mim mesmo. Se eu pudesse me convencer de que tenho qualquer direito de me sentir satisfeito em relação aos homens como eles são e de tratá-los de acordo com isso e não de acordo com as minhas exigências e expectativas sobre como eu e eles deveríamos ser — pelo menos em alguns aspectos —, como bom muçulmano e fatalista caberia a mim me empenhar para estar satisfeito com as coisas como elas são, e dizer que essa é a vontade de Deus. E, acima de tudo, existe uma diferença entre resistir a isso e a uma força puramente bruta ou natural: a isto sou capaz de resistir com algum sucesso, mas não posso esperar, como Orfeu, mudar a natureza das pedras e das árvores e dos animais.

Não desejo brigar com nenhum homem ou nação. Não quero discutir detalhes desimportantes, estabelecer linhas tênues ou me colocar numa posição de superioridade em relação aos meus semelhantes. Pelo contrário, posso dizer até que estou atrás de uma desculpa qualquer para me conformar às leis desta terra. Estou realmente disposto a obedecer a elas. De fato, tenho motivos para desconfiar de mim mesmo nesse assunto; e, a cada ano, quando o coletor de impostos aparece, me vejo inclinado a rever os atos e posições dos governos geral e estadual e o espírito do povo, a fim de encontrar um pretexto para obedecer.

"Devemos amar nossa pátria como aos nossos pais,

E, se a qualquer momento, deixamos de amá-los e honrá-los pelo excesso de zelo ao trabalho duro,

Devemos aceitar suas consequências e ensinar à alma

Sobre consciência e religião

E não sobre o desejo de poder ou benefício."

Creio que, em breve, o Estado poderá tirar das minhas mãos todo trabalho desse tipo e, depois disso, não serei mais patriota do que meus conterrâneos. Examinada de um ponto de vista menos elevado, a Constituição, mesmo com todos os seus defeitos, é muito boa; a lei e os tribunais são muito respeitáveis; até mesmo o meu estado e o governo dos Estados Unidos são, sob diversos aspectos, coisas raras e admiráveis, pelas quais podemos ser gratos, como muitos já disseram. Porém, vistas de um ponto de vista mais elevado, ou mesmo do topo, quem poderia dizer o que são, ou que sequer vale a pena analisá-las ou pensar nelas?

De todo modo, o governo não me interessa tanto assim, e quero pensar nele o mínimo possível. Não são muitos os momentos em que vivo sob um governo, mesmo em um mundo como o nosso. Quando um homem tem o pensamento e a imaginação livres, quando é desprovido de envolvimentos emocionais, aquilo que nunca existe por muito tempo lhe parece existir, e governantes e reformistas insensatos não são capazes de paralisá-lo de forma definitiva.

Sei que a maioria dos homens pensa diferente de mim, mas, mesmo aqueles que dedicam suas vidas a estudar profissionalmente essas questões e outras afins tampouco me agradam. Estadistas e legisladores, por estarem tão profundamente imersos nas instituições, jamais serão capazes de encará-las de forma nua e crua. Eles falam de uma sociedade em constante transformação, mas não possuem um refúgio fora dela. Até podem ser dotados de certa experiência e discernimento e, indiscutivelmente, inventaram sistemas engenhosos e até mesmo úteis, pelos quais lhes devemos sincera gratidão; todavia, todo o seu engenho e utilidade estão dentro de limites não exatamente amplos. São homens que costumam esquecer que o mundo não é governado com o uso de táticas e conveniências. Webster nunca chegou aos bastidores do governo e, portanto, não pode falar com autoridade sobre o assunto. O que ele diz faz sentido apenas para legisladores que não planejam nenhuma reforma fundamental no governo vigente; mas, para aqueles que pensam e que criam leis atemporais, seu discurso sequer chega a vislumbrar o assunto. Conheço pessoas que, com suas especulações serenas e sábias sobre o tema, não tardariam em revelar os limites do alcance e da receptividade das ideias de Webster. Ainda assim, comparadas às manifestações triviais da maioria dos reformistas e à mentalidade e eloquência ainda mais triviais dos políticos em geral, suas ideias são praticamente as únicas sensatas e válidas, e temos de agradecer aos céus por sua existência. Em comparação, ele é sempre intenso, original e, acima de tudo, pragmático. Ainda assim, sua maior qualidade não é a sabedoria, mas a prudência. A verdade do jurista não é a absoluta, mas uma coerência, ou uma conveniência coerente. A verdade está sempre em harmonia consigo mesma, e sua preocupação central não é a de revelar uma justiça que possa conviver com o mal. Webster realmente merece ser chamado como ele é conhecido: "O Defensor da Constituição". Ele nunca precisa atacar, apenas se defender. Ele não é um líder, mas um seguidor. Seus líderes são os homens que escreveram a constituição em 87.[3] "Nunca fiz e nunca farei qualquer esforço", diz ele, "nunca apoiei nem nunca apoiarei qualquer esforço no sentido de desmanchar o acordo ori-

---

3. A Convenção Constitucional foi realizada na Filadélfia em 1787. (N. T.)

ginal através do qual os diversos Estados constituíram a União." Sobre a sanção que a Constituição dá à escravidão, diz ele, no entanto, "como tal questão faz parte do pacto original, que assim permaneça". Desse modo, apesar de sua notável agudeza e inteligência, não é um homem capaz de isolar um fato de suas relações puramente políticas e contemplá-lo em termos absolutos, como convém ao intelecto — por exemplo, o que cabe a um homem fazer em relação a escravidão nos Estados Unidos nos dias de hoje. Em vez disso, Webster se arrisca ou é levado a produzir uma resposta desesperada como a seguinte, embora afirme falar em termos absolutos, como indivíduo — que novo e peculiar código de deveres sociais podemos inferir dessa declaração? "A maneira", ele diz, "pela qual os governos dos Estados onde existe a escravidão decidem regulamentá-la é algo que deve ser deliberado somente por eles, de acordo com a responsabilidade que têm para com seus eleitores e com as leis gerais de propriedade, humanidade e justiça, e perante Deus. Associações formadas em outros lugares, sejam elas criadas a partir de um sentimento de humanidade ou qualquer outra causa, nada têm a ver com isso. Elas nunca tiveram nenhum apoio de minha parte, e jamais terão."[4]

---

4. Estes trechos foram incluídos depois da leitura em público. (N. A.)

Quem não conhece as mais puras fontes da verdade, e não deseja permanecer subindo esse rio contra sua correnteza, costuma — sabiamente — se basear na Bíblia e na Constituição e beber delas com reverência e humildade. Aqueles, porém, que percebem que a verdade que alimenta esses lagos e essas lagoas desemboca de algum outro ponto precisam recuperar seu fôlego e continuar a peregrinação em direção à nascente.

Não surgiu, ainda, um homem com um talento especial para legislar nos Estados Unidos. São raros na história mundial. Oradores, políticos e homens eloquentes existem aos milhares; mas ainda não abriu a boca para falar um orador capaz de solucionar os problemas que nos afligem no dia a dia. Amamos a eloquência pela eloquência e não por qualquer verdade que possa ser verbalizada ou pela possibilidade de inspirar algum heroísmo. Nossos legisladores ainda não entenderam o valor relativo que o livre-comércio, a liberdade, a união e a retidão têm para uma nação. Eles não possuem a aptidão ou o talento para lidar com as questões de certa forma banais dos impostos, das finanças, do comércio, da indústria e da agricultura. Se dependêssemos exclusivamente dos discursos prolixos dos legisladores no Congresso, sem o contraponto trazido pela experiência oportuna e pelas reivindicações do povo, os Estados Unidos não teriam sido capazes de manter por muito tempo sua posição entre as nações. O Novo Testamento foi escrito há 1800 anos, mas, embora talvez eu não tenha o direito de dizer isso, onde está o legislador que possui a sabedoria e o pragmatismo necessários para tirar proveito de tudo o que esse texto nos ensina sobre a ciência da legislação?

A autoridade do governo, mesmo de um governo ao qual estou disposto a obedecer — pois obedecerei com prazer àqueles que saibam e possam fazer melhor do que eu e, em muitas situações, até mesmo àqueles que ou não saibam ou não façam as coisas tão bem —, é, ainda assim, uma autoridade impura. Para ser totalmente justa, ela precisa ter a aprovação e o consentimento dos governados. O governo não pode ter qualquer direito puro sobre a minha pessoa ou minha propriedade além daqueles que eu concedo. O progresso de uma monarquia absolutista para uma monarquia constitucional, e desta para a democracia, configura um progresso em direção a um respeito verdadeiro pelo indivíduo. Mesmo a filosofia chinesa foi inteligente o bastante para enxergar o indivíduo como a base do império. Seria a democracia como a conhecemos o último desenvolvimento possível em matéria de governo? Não seria possível dar um passo além em direção ao reconhecimento e à organização dos direitos do homem? Nunca haverá um Estado verdadeiramente livre e esclarecido até que ele reconheça o indivíduo como um poder mais elevado e independente, de quem emana todo o seu poder e autoridade, e que o trate da maneira adequada. Gosto de ficar imaginando um Estado que possa, enfim, permitir-se ser justo com todos os homens e tratar o indivíduo com respeito, como um igual; um Estado que não considere incompatível com sua própria paz a existência de uns poucos homens que vivam à sua margem, sem se misturarem com ele e que nem sejam por ele engolfados, mas que, mesmo assim, cumpram todos os seus deveres como homens e cidadãos. Um Estado capaz de produzir tal fruto, e que o deixasse cair assim que estivesse maduro, pavimentaria o caminho para um Estado ainda mais perfeito e glorioso — que também já imaginei, porém ainda não encontrei em nenhum lugar.

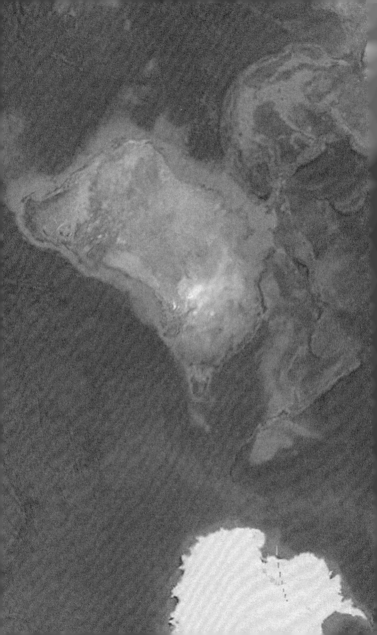

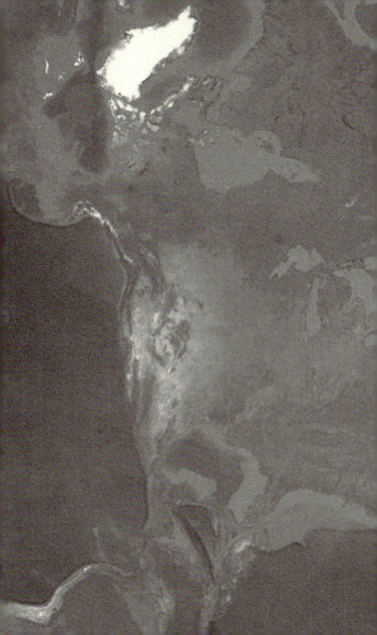

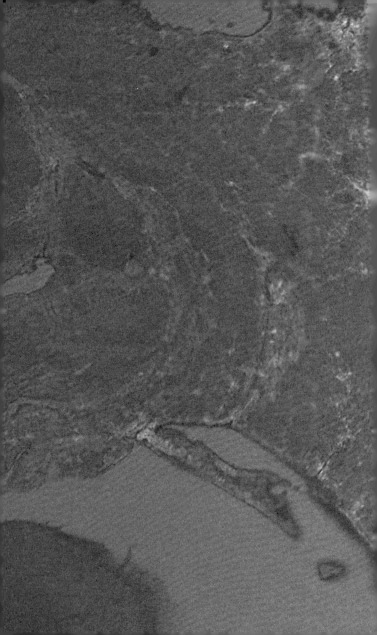

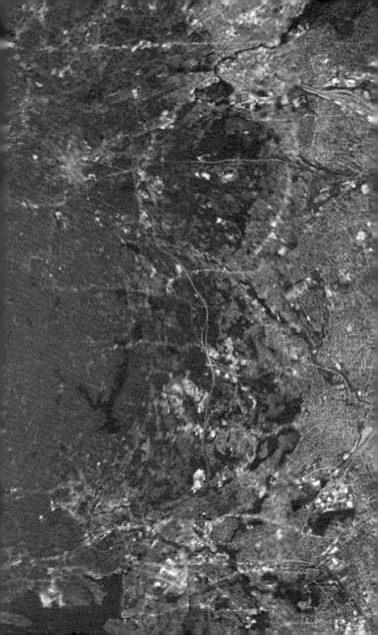

NÃO É SÓ PELO 1 DÓLAR E 50 CENTAVOS

Origem, contexto e impacto de *A desobediência civil*, de H. D. Thoreau

por Rafael Mafei

ESTOPIM

Como toda história apetitosa, a doutrina da desobediência civil de Henry David Thoreau começa por um acaso aparentemente insignificante. No verão de 1846, quando saiu de sua casa em Concord, Massachusetts, para buscar um sapato que deixara para conserto,[1] Thoreau decerto não imaginava que seu encontro fortuito com o coletor de impostos Sam Staples daria início a uma sequência de eventos que acabaria por lhe garantir um lugar no panteão dos filósofos políticos de maior impacto no século xx.

Por algum tempo, Thoreau havia deixado de pagar seus tributos em ato de protesto contra os governos nacional e local. A recusa ao pagamento de impostos era uma medida contestatória comum em diversos locais e momentos da história.[2] A famosa passagem bíblica "Dai, pois, a César o que é de César" (Mateus 22:21) se dá no contexto de um diálogo de Jesus com os fariseus sobre o dever, ou não, de pagamento de um tributo injusto ao Império Romano. Levantes civis contra impostos abusivos foram o estopim de diversas revoltas anticolonialistas que deram impulso ao movimento de independência estadunidense. Especificamente durante o período de vida de Thoreau, pacifistas cristãos e membros de movimentos abolicionistas, dos quais ele próprio e sua família eram próximos, viam a recusa ao pagamento de impostos como ação justificada pelo dever de não cooperar com governos que apoiavam a escravidão e empreendiam guerras ilegítimas.

O tributo cobrado de Thoreau era o *poll tax*, uma taxa comunitária exigida de todos os eleitores de Massachusetts. A dívida estava então em um dólar e cinquenta centavos.

---

1. Bob Pepperman Taylor, *The Routledge Guidebook to Thoreau's Civil Disobedience*, p. 1.

2. Para uma antologia de textos e documentos sobre resistência civil ao pagamento de impostos, cf. David M. Gross (org.), *We Won't Pay!*.

Staples, o coletor de impostos, não buscava confusão e teria inclusive se oferecido para emprestar o valor a Thoreau, que recusou a oferta. Após uma provável discussão ríspida entre ambos, Thoreau acabou preso. O imposto devido foi quitado no mesmo dia, provavelmente por uma parente sua, mas o pagamento não foi processado a tempo de poupar o devedor de um pernoite na prisão, em cela dividida com um incendiário.

Thoreau foi posto em liberdade no dia seguinte, ainda às turras com Staples.[3] Tudo indica que ele queria seguir preso, fazendo de sua detenção um ato de propaganda pública contra o governo de Massachusetts. Nos parágrafos em que Thoreau conta sobre sua noite na cadeia, a impressão que se tem é que tal sacrifício lhe dava um senso reconfortante de superioridade moral, mesmo em relação a outros cidadãos que, embora críticos ao governo, hesitavam em romper com ele e sofrer as consequências legais. "Num governo que prende injustamente qualquer um, o verdadeiro lugar de um homem justo é também a prisão" (p. 100).

Essa disputa despretensiosa entre dois aldeões birrentos deu origem ao ensaio *Resistência ao governo civil*,[4] publicado em 1849. Se os argumentos filosóficos em favor da resistência a governos ilegítimos não eram novidade, inclusive por meio da sonegação de impostos, Thoreau teve o talento literário de atrelar essa antiga discussão de moralidade política a um evento biográfico pitoresco. Afinal, não

---

3. Bob Pepperman Taylor, *op. cit.,* pp. 1-9.

4. Esse foi o título da primeira versão publicada do texto, que saiu em 1849 no periódico *Aesthetic Papers*, editado por Elizabeth Peabody. O título *Civil Disobedience*, com o qual o texto veio a se tornar célebre, apareceu apenas em sua segunda publicação, em 1866. Historiadores dedicados à obra de Thoreau polemizam sobre a responsabilidade pela versão final do texto e a formulação do título que lhe deu fama: enquanto alguns apontam a atuação decisiva de sua irmã Sofia, outros insistem que a versão de 1866, ainda que póstuma, teria sido editada pelo próprio autor em vida (Stanford Encyclopedia of Philosophy, "Civil Disobedience", 2021).

era sempre que um ex-aluno de Harvard como ele ia para a cadeia – anedota que certamente ecoou, ao menos em sua região. O texto tinha, enfim, potencial para ser um panfleto de algum impacto.

Apesar disso, *Resistência ao governo civil* foi recebido sem entusiasmo pelos leitores da época, assim como uma segunda versão, publicada em 1866, quatro anos após a morte do autor por tuberculose, então sob o título *A desobediência civil*. O texto original, de 1849, resultou de duas palestras dadas por Thoreau no ano anterior, sobre os direitos e deveres dos indivíduos em relação ao Estado.[5] O conteúdo das falas chegou ao conhecimento de Elizabeth Peabody, editora da coletânea *Aesthetic Papers*, que tomou a iniciativa de convidar Thoreau a transformar suas falas em textos e publicá-los. No mesmo volume havia também um ensaio de Ralph Waldo Emerson – escritor influente e amigo de Thoreau – que tratava do tema da guerra, assunto muito presente também no ensaio de Thoreau. Não fosse pela iniciativa de Peabody, talvez as ideias que hoje chegam até nós por meio de *A desobediência civil* não tivessem impacto além do pequeno auditório do liceu da vila de Concord, onde Thoreau as apresentou pela primeira vez.

CONTEXTO

Se debates sobre a recusa ao pagamento de impostos ou sobre o dever de obediência a leis injustas não eram novidade no século XIX, há algo muito específico no contexto em que Henry David Thoreau viveu e escreveu: o movimento abolicionista nos Estados Unidos. O debate político gerado tanto pela

---

5. As duas palestras foram: "A relação entre o indivíduo e o Estado", proferida em 26 de janeiro de 1848, e "Os direitos e deveres do indivíduo em relação ao Estado", de 16 de fevereiro do mesmo ano. (Jeffrey S. Cramer, "Introduction: Thoreau and the Periodic Press", em *Henry D. Thoreau, Essays: A Fully Annotated Edition*, p. xxvii).

prevalência da escravidão nos estados sulistas quanto pela expansão da permissão à posse de escravizados nos estados que vinham sendo conquistados na marcha rumo ao Oeste transparecem diretamente em *A desobediência civil*.

No estado de Massachusetts, onde Thoreau nasceu, viveu e morreu, a escravidão havia sido banida no começo da década de 1780. Naquele momento, um conjunto de decisões da Suprema Corte do estado, conhecido como "Quock Walker Cases", julgou a propriedade de escravizados incompatível com a recém-aprovada Constituição de Massachusetts.[6] Mesmo assim, Thoreau enxergava em seu estado as mãos sujas do colaboracionismo com a escravidão, já que o governo de Massachusetts continuava fazendo parte de uma federação que não apenas tolerava a escravidão nos estados do Sul, como também era em grande parte conduzida para atender aos interesses da agricultura escravagista.

Thoreau rejeitava toda espécie de concessão pragmática ou acordo de meio termo que cedesse qualquer ganho político ou econômico aos escravistas. Como os abolicionistas de seu círculo, sua demanda era pela extinção imediata e integral do trabalho servil, sem nenhuma contrapartida política, regra de transição ou compensação financeira a quem já havia lucrado imoralmente por tempo demais com a intolerável subjugação de outros seres humanos.

O profundo comprometimento da federação com uma saída lenta e negociada da economia escravista era o que deixava Thoreau descrente na possibilidade de que um governo justo pudesse de fato existir. Na abertura do texto, o autor até concede que o governo pudesse ser "uma conveniência", para em seguida anotar que todos os governos, em algum momento, se tornam "uma inconveniência". Isso porque a

---

6. Robert M. Spector, "The Quock Walker Cases (1781-83) – Slavery, its Abolition, and Negro Citizenship in Early Massachusetts".

própria vida sob um governo exige certos compromissos dos cidadãos, e esses compromissos provêm não por força de algum dever moral válido, mas da própria autoridade que o Estado invoca a si mesmo. Dessa forma, um governo que idealmente deveria ser "uma conveniência" para que seus cidadãos pudessem conduzir vidas valorosas do ponto de vista moral torna-se "uma inconveniência" moral: a pretexto das necessidades de sua própria existência, ele fatalmente imporá deveres que servem apenas ao próprio governo. Thoreau se via extorquido por um Estado que sobrevivia da riqueza retirada de seus cidadãos para então sentar-se à mesa e barganhar com políticos escravistas por quem ele nutria o mais profundo desprezo.

Nos Estados Unidos do século XIX, quase toda indecência política passava pela escravidão. Com a guerra mexicano-americana (1846-1848), contra a qual Thoreau se insurge no texto, não era diferente. O conflito não se limitava a uma disputa por território ou recursos, ou pela perseguição inconsequente da doutrina do destino manifesto. Ao vislumbrarem a imensidão de território pela expansão do país ao Oeste, os estados sulistas imaginaram novas terras onde o trabalho escravo seria permitido.[7] O problema, para Thoreau, não era apenas que os Estados Unidos estavam invadindo o território de outro país sem justa causa, levando violência a mexicanos e povos nativos norte-americanos; era, sobretudo, que faziam isso, ao menos em parte, para acomodar a ambição de fazendeiros escravistas. A exigência política e legal de que um cidadão manifestasse apoio incondicional a seu país no conflito com uma nação estrangeira era-lhe, nesse contexto, particularmente repulsiva.

---

7. Jason Pierce, *Making the White Man's West*, p. 126.

IMPACTO

Se durante o século XIX o texto de *Resistência ao governo civil* (1849) / *A desobediência civil* (1866) não encontrou a acolhida que seu autor talvez almejasse, o tumultuoso período iniciado pouco após a sua morte, com o advento de movimentos anarquistas, socialistas e anti-imperialistas, deu às ideias de Thoreau o ambiente perfeito para que seu panfleto ganhasse lugar no panteão dos grandes textos da filosofia política.

Liev Tolstói, escritor russo tido como cristão pacifista e anarquista, adepto da não violência e da desobediência civil,[8] admirava o desprendimento e a devoção à vida simples em meio à natureza manifestada pelo escritor de Massachusetts e citou-o diversas vezes em textos publicados após a morte de Thoreau, na década de 1860.[9] Anarquistas estadunidenses do final do século XIX abraçaram *A desobediência civil* como um dos fundadores do movimento no país. A escritora e ativista Emma Goldman mencionou-o como um dos pilares doutrinários da filosofia anarquista, referindo-se a Thoreau como "o maior anarquista estadunidense".[10] A adesão do próprio Thoreau ao anarquismo parece duvidosa, pois ele mesmo se diferencia "daqueles que se proclamam antigoverno" (p. 35). Ele tampouco recusava *a priori* tomar parte em projetos gerenciados pelo Estado em áreas como infraestrutura – "Nunca me recusei a pagar o imposto rodoviário" (p. 148) –, ainda que pudesse argumentar que o fazia em respeito a seus concidadãos ("vizinhos") e não em deferência à autoridade estatal. Ao menos neste texto, Thoreau parece querer um "governo melhor" (p. 35), e não governo nenhum.

---

8. "Tolstói tinha a firme convicção de que o regime mais tirano e despótico poderia ser derrubado pela desobediência civil não violenta, ou seja, o não pagamento de impostos, a desobediência às leis e a renúncia a todo tipo de serviço governamental" (Sobia Tahir, "Tolstoy's Ideology of Non-Violence: A Critical Appraisal", p. 349).

9. Clarence A. Manning, "Thoreau and Tolstoy".

10. Apud Chris Dodge, "Emma Goldman, Thoreau, and Anarchists", p. 4.

Ao mesmo tempo, Thoreau denunciava a força das estruturas políticas associativas para corromper indivíduos, pois, como já foi dito, a política sempre exige barganhas e concessões moralmente condenáveis. A força inoponível do Estado, que é capaz de avançar sobre a liberdade e o patrimônio de cidadãos desobedientes, torna-se irresistível ao cidadão médio, que se importa em acabar na prisão ou ser expropriado de seu patrimônio por um coletor de impostos. A maioria sempre preferirá viver com "riqueza e privilégios", mesmo que reconheça que o Estado que a garante e a protege não seja "governado pelos princípios da razão" (p. 111). Thoreau não tinha muita fé na integridade moral de seus concidadãos, o que explica o fato de ele não dar grande valor para a vontade popular expressa em eleições. Daí porque a obra de Thoreau ainda tem apelo para os anarquistas de hoje.[11]

Sua filosofia é apontada também como influenciadora de alguns agrupamentos socialistas ingleses no final do século XIX.[12] Há quem enxergue paralelismos entre a crítica de Marx à sociedade capitalista e a exortação thoreauniana a uma vida isolada das estruturas sociais e em comunhão com a natureza,[13] tão exemplarmente expressa em sua obra-prima, *Walden* (1854), bem como à força corruptora permanente das instituições econômicas e políticas de uma sociedade liberal burguesa.

Mas foi na década de 1930, através de protestos iniciados por Mahatma Gandhi, que o nome de Thoreau tornou-se definitivamente associado à desobediência civil como estratégia de revoltas capazes de denunciar e confrontar, com sucesso, regimes políticos perversos. Gandhi formou-se advogado na

---

11. Daniel Voll, "When Anarchists Speak of Thoreau".

12. George Hendrick, "Henry H. Salt, the Late Victorian Socialists, and Thoreau".

13. Para um relato das alegadas semelhanças entre Thoreau e Marx, cf. John P. Diggins, "Thoreau, Max and the 'Riddle' of Alienation". Não é a visão do próprio Diggins, para quem, embora ambos sejam contemporâneos e haja pontos comum entre seus escritos, não havia propriamente diálogo entre Thoreau e Marx.

Inglaterra no final do século XIX, mesma época e local onde os trabalhos de Thoreau começaram a fazer algum sucesso entre membros da classe média crítica do país. Quando entrou na Sociedade Vegetariana, que reunia uma pequena parte da elite intelectual londrina, tomou contato com o texto de Thoreau através de outro membro da instituição. A ideia da não conformidade como caminho para o fortalecimento moral de cidadãos, articulada em *A desobediência civil*, teve enorme impacto sobre o líder indiano, que passou a invocá-la frequentemente em palestras e escritos.[14]

Quando se tornou líder do movimento cívico que culminaria com a independência da Índia em face do Império Britânico, Gandhi já enfatizava havia tempos as semelhanças entre suas ideias e as filosofias de Thoreau e Platão. Ambos eram para ele exemplos da virtude da devoção à verdade (*satyagraha*).[15] Seu jornal *Indian Opinion*, baseado na África do Sul, onde Gandhi viveu, publicava excertos da *Apologia*, de Platão, e de *A desobediência civil*, de Thoreau, traduzidos para o idioma guzerate, desde ao menos 1906.[16]

Thoreau era extensamente elogiado por Gandhi como um dos mais elevados cidadãos já nascidos na América, proponente de uma filosofia robusta que mostrava com clareza a injustiça de um governo que era conivente com a escravidão e a retidão de quem aceitava ser punido para não transigir moralmente. A tática de desobediência pública, orgulhosa e articulada em princípios contra leis injustas que Gandhi enxergava em *A desobediência civil,* inspirou diretamente sua campanha contra o alistamento obrigatório de cidadãos asiáticos na região do Transvaal, na África do Sul. Ao usar seu

---

14. Talat Ahmed, *Mohandas Gandhi: Experiments in Civil Disobedience*, p. 23.

15. Para a influência especificamente do Thoreau sobre a ideia de *satyagraha*, cf. George Hendrick, "The Influence of Thoreau's 'Civil Disobedience' on Gandhi's Satyagraha".

16. Alexander Livingston, "Fidelity to Truth: Gandhi and the Genealogy of Civil Disobedience", *Political Theory*, v. 46, n. 4, pp. 511-536; Talat Ahmed, *op. cit.*, p. 43.

jornal para circular amplamente o texto, Gandhi confiava que ele ajudaria na educação cívica dos indianos para uma campanha de resistência pacífica ao governo sul-africano.[17]

A partir do final da década de 1940, referências a Thoreau começam a aparecer também em falas e escritos de outro ícone da resistência à injustiça política: Martin Luther King Jr. Em um sermão de 1949, King valeu-se de uma citação de *Walden* para alertar contra uma educação puramente técnica, desconectada de um senso de melhora moral da sociedade.[18] A passagem seria repetida em várias de suas cartas e discursos. Em 1957, em uma carta a um diretor da NAACP,[19] King Jr. colocou *A desobediência civil* em uma seleta lista dos cinco textos que mais influenciaram seus ideais. O livro apareceu ao lado de obras de (e sobre) Mohandas Gandhi, que, como visto, fora ele próprio influenciado por Thoreau. Ambos foram apontados pelo líder do movimento dos direitos civis norte-americano como tendo exercido "profunda influência em [seu] pensamento".[20]

Martin Luther King Jr., que recebera uma educação erudita, repleta de ensinamentos sobre os maiores nomes da história da filosofia, recordou ter tomado contato com *A desobediência civil* pela primeira vez em 1944, no Morehouse College, em Atlanta, no estado da Geórgia. King disse lembrar de ter relido o texto múltiplas vezes, "fascinado pela ideia de recusa em cooperar com um sistema perverso".[21]

---

17. Talat Ahmed, *op. cit.*, p. 43.

18. Martin Luther King Jr., "Civilization's Great Need". A mesma mensagem, baseada em uma passagem de Walden, foi repetida por King Jr. em um sermão de 1954 em Montgomery, no Alabama.

19. National Association for the Advancement of Coloured People, importante organização na campanha pelos direitos civis nos Estados Unidos.

20. Martin Luther King Jr., carta a Lawrence M. Byrd.

21. *Id.*, "My Pilgrimage to Nonviolence".

DEBATES

Nos anos 1960, Thoreau já não era apenas um autor de renome na filosofia política, mas alguém cuja tática havia sido adotada em protestos anticolonialistas, antirracistas, antinucleares e pacifistas em geral. *A desobediência civil* passou, assim, a ser considerada por filósofos do direito e da política uma forma de manifestação possível dentro de uma sociedade democrática. Desde então, o debate acadêmico e prático sobre a legitimidade da desobediência civil tem buscado esquadrinhar o conceito e os limites dessa forma de manifestação.

O primeiro desafio tem sido diferenciar a desobediência civil do puro e simples descumprimento da lei. O que diferenciaria a conduta de Thoreau da sonegação fiscal ordinária, uma prática intolerável mesmo nos Estados de governos imperfeitos?

Estudiosos da desobediência civil chamam atenção para o fato de que ela é não apenas uma violação da lei, mas uma violação consciente e baseada em uma convicção séria, profunda e articulada em torno de princípios comprometidos com o progresso moral de leis, políticas públicas, instituições e práticas de sua comunidade. Como resultado, e bem ao contrário da violação ordinária à lei, a desobediência civil não é um ato egoísta, que visa alguma vantagem pessoal a quem a perpetra, mas o exato oposto disso: trata-se de um ato de abnegação de alguém que se oferece à punição para denunciar uma injustiça. É o desafio a uma lei pontual como forma de expressar fidelidade a algo maior do que ela, do ponto de vista político, tal como um valor ou um princípio inegavelmente abrigado na Constituição de seu país.[22]

Daí porque se costuma exigir que, ao contrário de uma violação comum à lei, a desobediência seja pública e aberta. A violação à lei, bem como a punição que ela acarretará, são

---

22. John Rawls, *A Theory of Justice*, p. 319.

atos comunicativos cuja estratégia é chamar atenção para a lei ou a política injusta. A autoridade encarregada da punição ficará sujeita ao constrangimento da injustiça pública que terá de praticar, caso queira punir o desobediente.

Neste quesito, há algum debate sobre o requisito da publicidade ser ou não compatível com algum grau de anonimato do agente, especialmente nas situações em que a lei violada acarreta consequências muito pesadas, como acontece com leis que impedem a divulgação de assuntos militares. A mesma relativização ao requisito da publicidade-como-identificabilidade é cogitada para atos praticados em Estados autoritários, pois o pressuposto do dever de se entregar à punição pelas autoridades é a confiança em processos e punições justas. O mais importante parece ser, como aponta Kimberly Brownlee, que se aceite o risco da punição, mas não a punição em si.[23]

Um terceiro – e muito debatido – requisito à configuração da desobediência civil está ligado à exigência, ou não, do caráter não violento da ação. Para alguns, o "civil" que qualifica a violência seria sinônimo de "civilizado", embora não pareça ser esse o significado do termo no texto de Thoreau.[24] Nessa linha, o não recurso à violência seria uma forma de o desobediente reforçar que, a despeito da recusa pontual a uma lei ou política, sua atitude predominante é a de respeito geral aos valores da ordem política e constitucional, dentre os quais um dos mais importantes é o respeito à integridade física de outros cidadãos.

---

23. Kimberlee Brownlee, *Conscience and Conviction*.

24. É provável que o "civil" de Thoreau seja uma resposta direta ao texto de um ex-professor seu em Harvard, William Paley, autor de um influente livro à época (*The Principles of Moral and Political Philosophy*), no qual ele defende "o dever de submissão ao governo civil". "Civil", nesse contexto, não tem sentido de pacífico, civilizado, não violento, mas indica apenas um governo humanamente instituído para regrar a vida de uma comunidade política. Cf. Bob Pepperman Taylor, *op. cit.*, pp. 29 e ss.

Aqui, os maiores debates nascem da amplitude que pode adquirir o termo "violência". Embora se possa admitir que o caso central da desobediência civil seja o da desobediência não violenta, e o exemplo de Thoreau neste texto seja – exceto por um pequeno bate-boca com o coletor de impostos – um exemplo de não resistência, até que ponto o tratamento de uma conduta como desobediência civil ficaria prejudicado por algum grau de violência? A agressão contra um capataz para eficazmente impedi-lo de resgatar um escravo fugitivo é menos apreciável do que um protesto pacífico, mas inócuo, contra a escravidão?[25] Objeções também podem ser levantadas contra a restrição absoluta à violência contra coisas: o ato do jovem faxineiro negro da Universidade de Yale que quebrou um vitral histórico que retratava um homem e uma mulher escravizados carregando cestos de algodão sobre a cabeça[26] não pode ser equiparado à conduta de quem quebra uma janela ou uma vitrine por outro motivo menor. É preciso ter em mente ainda que atos não violentos podem causar mais danos, inclusive à integridade de terceiros, do que atos violentos, como argumenta Joseph Raz em alusão a uma greve de motoristas de ambulância.[27]

Raz lembra que há casos em que a violência do ato contra o qual se protesta pode ser tão grande que o uso de alguma violência para fazê-lo cessar pode ser justificado. E, embora Thoreau tenha sido associado ao pacifismo e à não violência dos protestos de Martin Luther King Jr., ele próprio não deixou de expressar apoio a quem recorreu à violência para protestar contra graves injustiças. Anos depois de *A desobediência civil*, Thoreau fez um louvor público a John Brown, ativista abolicionista que em 1859 invadiu um depósito de armas para iniciar um levante de escravizados em Harpers

---

25. O exemplo é de John Morreall, "The Justifiability of Violent Civil Disobedience", p. 42.

26. J. Weston Phippen, "A Shattering Act of Civil Disobedience".

27. Joseph Raz, *The Authority of Law*, p. 267.

Ferry, no estado da Virgínia.[28] Ele não era pessoa de parar a meio caminho: "Não desejo matar, nem ser morto, mas sou capaz de vislumbrar circunstâncias em que ambas as coisas seriam inevitáveis para mim".[29]

RAFAEL MAFEI é professor associado da Faculdade de Direito da USP e atua no Departamento de Filosofia e Teoria Geral do Direito. É mestre, doutor e livre-docente em direito, além de autor do livro *Como remover um presidente: Teoria, história e prática do impeachment no Brasil* (Zahar, 2021).

---

28. Robert C. Albrecht, "Thoreau and His Audience: A Plea for Captain John Brown".

29. Henry David Thoreau, "Plea for Captain John Brown".

REFERÊNCIAS

Ahmed, Talat. *Mohandas Gandhi: Experiments in Civil Disobedience*. Londres: Pluto Books, 2019.

Albrecht, Robert C. "Thoreau and His Audience: A Plea for Captain John Brown". *American Literature*, v. 32, n. 4, jan. 1961, pp. 393-402.

Brownlee, Kimberley. *Conscience and Conviction: The Case for Civil Disobedience*. Oxford: Oxford University Press, 2012.

Cramer, Jeffrey S. "Introdução", em Henry D. Thoreau, Essays: a fully annotated edition, p. xxvii

Delmas, Candice; Brownlee, Kimberley. "Civil Disobedience". In: The Stanford Encyclopedia of Philosophy, org. de Edward N. Zalta, 2021. Disponível em: https://plato.stanford.edu/archives/win2021/entries/civil-disobedience/. Acesso em: 6 ago. 2022.

Diggins, John P. "Thoreau, Max and the 'Riddle' of Alienation". *Social Research*, v. 39, n. 4, 1972, pp. 571-598.

Dodge, Chris. "Emma Goldman, Thoreau, and Anarchists". *The Thoreau Society Bulletin*, n. 248, 2004, p. 4-7.

Gross, David M. *We Won't Pay! A Tax Resistance Reader*. s.l.: s.e., 2008.

Hendrick, George. "Henry H. Salt, the Late Victorian Socialists, and Thoreau". *The New England Quarterly*, v. 50, n. 3, 1977, pp. 409-422.

_____. "The Influence of Thoreau's 'Civil Disobedience' on Gandhi's Satyagraha". *The New England Quarterly*, v. 29, n. 4, dez. 1956, pp. 462-471.

King, Martin Luther, Jr., "Civilization's Great Need". Sermão. Atlanta, 1949. Disponível em: https://kinginstitute.stanford.

edu/king-papers/documents/civilizations-great-need. Acesso em: 6 ago. 2022.

_____. "Going Forward by Going Backward". Sermão. Montgomery, 1954. Disponível em: https://kinginstitute.stanford.edu/king-papers/documents/going-forward-going-backward-sermon-dexter-avenue-baptist-church. Acesso em: 6 ago. 2022.

_____. To Lawrence M. Byrd. Carta. Montgomery, 25 abr. 1957. Disponível em: https://kinginstitute.stanford.edu/king-papers/documents/lawrence-m-byrd. Acesso em: 6 ago. 2022.

_____. "My Pilgrimage to Nonviolence". In: *Fellowship*, Nova York, set. 1958. Disponível em: https://kinginstitute.stanford.edu/king-papers/documents/my-pilgrimage-nonviolence. Acesso em 6 ago. 2022.

MANNING, Clarence A. "Thoreau and Tolstoy". *The New England Quarterly*, v. 16, n. 2, jun. 1943, pp. 234-243.

MORREALL, John. "The Justifiability of Violent Civil Disobedience". *Canadian Journal of Philosophy*, v. 6, n. 1, 1976, pp. 35-47.

PEABODY, Elizabeth P. *Aesthetic Papers*. Boston: The Editor, 1849. Disponível em: https://archive.org/details/aestheticpapers00peabrich/page/n3/mode/2up. Acesso em: 6 ago. 2022.

PHIPPEN, J. Weston. "A Shattering Act of Civil Disobedience", The Atlantic, 14 jul. 2016. Disponível em: https://www.theatlantic.com/news/archive/2016/07/yale-smashed-window/490925/. Acesso em 6: ago. 2022.

PIERCE, Jason. *Making the White Man's West: Whiteness and the Creation of the American West*. Boulder: University Press of Colorado, 2016.

RAWLS, John. *A Theory of Justice*. Ed. rev. Cambridge (MA): Belknap; Harvard University Press, 1999.

Raz, Joseph. *The Authority of Law*. Oxford: Oxford University Press, 2009.

Spector, Robert M. "The Quock Walker Cases (1781-83) – Slavery, its Abolition, and Negro Citizenship in Early Massachusetts". *The Journal of Negro History*, v. 53, n. 1, 1968, pp. 12-32.

Tahir, Sobia. "Tolstoy's Ideology of Non-Violence: A Critical Appraisal". *The Dialogue*, v. vii, n. 4, pp. 347-363.

Taylor, Bob Pepperman. *The Routledge Guidebook to Thoreau's Civil Disobedience*. Londres; Nova York: Routledge, 2015.

Thoreau, Henry David. *A desobediência civil*. Trad. José Geraldo Couto. São Paulo: Penguin-Companhia, 2012.

_____. "Plea for Captain John Brown", 30 out. 1859. Disponível em: https://avalon.law.yale.edu/19th_century/thoreau_001.asp. Acesso em: 6 ago. 2022.

Voll, Daniel. "When Anarchists Speak of Thoreau". *Thoreau Society Bulletin*, n. 293, 2016, pp. 4-5.

DESOBEDECER: UMA DECLARAÇÃO DE HUMANIDADE

por Juliana Borges

Na introdução de seu célebre livro *Why We Can't Wait*, Martin Luther King Jr. recria imagem em palavra. O reverendo nos conta a história de um jovem homem negro e uma jovem mulher negra. O primeiro, do Harlem, está parado em frente a um apartamento infestado, em que o lixo se amontoa nas ruas povoadas por bêbados, desempregados e adictos. A escola que frequenta é majoritariamente negra e latina, e seu pai está desempregado, enquanto sua mãe é uma trabalhadora doméstica que tem de dormir no trabalho. Já em Birmingham, palco de históricas lutas por direitos civis, o reverendo nos diz ver uma jovem mulher negra, sentada na varanda de uma pequena casa de madeira, com meia dúzia de crianças correndo ao seu redor. A jovem é também mãe, mesmo que ainda filha, e não pode ir à escola para negros porque sua mãe faleceu em um acidente de carro. Nessa história, vizinhos comentam que, se a ambulância não tivesse demorado, talvez a mãe da jovem ainda estivesse viva.

Na narrativa de dr. King, uma pergunta ronda as mentes desses jovens, a milhares de quilômetros de distância: "Por que a miséria constantemente assombra o negro?". Para o reverendo, há uma história que não é contada, que é invisibilizada no contexto escolar pela supremacia branca, mas que esses jovens, por suas vivências, conhecem muito bem. Essas vivências coadunam-se de tal modo que tornam-se experiência de grupo. Eles sabem da contribuição histórica de negros àquela nação, seja em guerras, seja na construção do país com seu trabalho forçado pela escravização. E, conforme narra King, esses jovens sabem que o país foi à guerra tendo como centro da disputa a escravidão. Esses jovens, segundo dr. King, mais do que saber sobre história, sabem sobre eventos históricos, e essa consciência faz com que, mesmo tão distantes, eles se reconheçam. Cada um, diante de suas casas e situações, se levanta em uma imagem tocante, construída em uma narrativa que apenas Martin Luther King tinha condições de fazer. Esses jovens se levantam, estendem seus braços e olham além do horizonte. Mesmo a milhas de distância, eles dão as mãos e se somam em um passo à frente – um passo que "abalou a mais rica e poderosa nação em suas fundações". Essa introdução do reverendo dr. Luther King, a meu ver, carrega todos os elementos essenciais para refletirmos sobre o conceito de desobediência civil.

Henry David Thoreau é comumente conhecido como o responsável pela difusão da ideia de desobediência civil, e tido como uma referência para pessoas tão influentes na história como dr. Martin Luther King Jr., entre outros. Mas o que moveu Thoreau a refletir e cunhar esse conceito? O gênero literário escolhido, o ensaio, não foi por acaso. As ideias de Thoreau borbulharam quando foi preso por não pagar impostos por cerca de seis anos. Embora já levasse uma vida recolhida e distante da cidade, a passagem pelo cárcere turbilhonou suas ideias, que transbordaram em forma de texto para registrar seu descontentamento e indignação. Mas esse ímpeto de escrita serviu também para mobilizar outros sob uma ideia que, no fundo, nos auxilia a redesenhar o modo como compreendemos a liberdade e o exercício da cidadania.

É importante destacar que, na primeira publicação de seu texto ensaístico, em 1849, o filósofo não utilizava a ideia de "desobediência", mas de "resistência". Conforme aponta Frédéric Gros em seu *Desobedecer*, o termo foi incluído após a morte de Thoreau, em uma coletânea publicada em 1866. Esse não é um dado banal, porque traz luz a uma série de diferenciações importantes para pensarmos os questionamentos, as denúncias e os sentidos presentes na obra de Thoreau. Ele nos permite vislumbrar ainda suas limitações, apontadas por outros pensadores como Hannah Arendt e o próprio Frédéric Gros, e posicionar historicamente a importância do autor não apenas como pensador, mas como aquele que fez da filosofia um modo de ler e viver o mundo.

Diante de tantas análises de conjuntura – que são necessárias, não me entenda mal –, testemunhamos a prevalência de um questionamento constante: mas, então, o que *fazer*? Para cada diagnóstico, parecemos querer exigir um prognóstico, um passo a passo de como prosseguir. Para Thoreau, não havia utilidade na disseminação de um discurso sem que esse espelhasse ou, ao menos, fosse seguido por uma ação. Ou seja, o exercício da crítica reside na prática. Afinal, de que vale o questionamento se a atividade cotidiana segue obedecendo a lógica normativa?

A desobediência civil incita, portanto, uma intervenção. Posto que as leis não necessariamente produzem ou garantem justiça, desobedecer torna-se uma necessidade. A negativa de Thoreau para o pagamento de impostos não era em nada leviana: refletia a contestação à guerra contra o México e à escravidão no sul dos Estados Unidos, e sua recusa em financiá-los. O filósofo afirmou em seu texto que não era possível reconhecer um governo e um Estado sustentados e baseados na escravização de pessoas. Para Thoreau, todo homem bom tinha o dever de levantar-se diante de injustiças como tais. Se a revolução era um direito reconhecido, por que obedecer a um governo que impunha tiranicamente decisões?

Como pensar a liberdade em um país que ainda mantinha um sexto de sua população escravizada? Para o filósofo, essa era uma contradição que, por um lado, explicitava a injustiça do Estado, mas que, por outro, demandava que cidadãos coniventes fossem responsabilizados. A injustiça, portanto, era corroborada por meio da indiferença. A submissão, nesse caso, em que interesses econômicos se sobrepunham à justiça e à humanidade, deveria ser questionada enquanto obrigação civil. Nesse sentido, pagar os impostos ao Estado significaria, de algum modo, mesmo que o discurso não assim se espelhasse, corroborar a guerra e a escravidão.

Um ponto importante no pensamento de Thoreau é a concepção de que o funcionamento dos aparatos jurídicos criminais instituídos pelo Estado não necessariamente resulta na produção de justiça. Estes aparatos, segundo o filósofo, se assentam sobre uma estrutura que objetivava o lucro e, portanto, não seriam mais que meros instrumentos da manutenção de injustiças. A desconfiança do sistema jurídico faz com que Thoreau defenda uma maior e mais consciente participação política das pessoas para garantir seus direitos. Essa formulação remete às questões apresentadas por duas importantes pensadoras contemporâneas, Michelle Alexander e Jackie Wang. Em suas reflexões sobre o cárcere e as lutas por justiça racial, ambas expressam uma preocupação com a ênfase dada por movimentos sociais aos embates nos tribunais, em que depositam todas as suas fichas, em vez de fortalecerem as lutas políticas e de base. Para Alexander, os avanços galgados pelo movimento de direitos civis só foram de fato alcançados porque havia uma forte mobilização e participação consciente e crítica de ativistas. Já Wang, além de reforçar a percepção de Alexander, destaca que há uma camada que torna mais complexa a leitura do sistema de justiça e mesmo do Estado: a inversão do princípio de presunção de inocência quando se trata do encarceramento de pessoas racializadas. Ou seja, a desconfiança dos aparatos estatais, constituídos e dominados pelos interesses político-ideológicos de grupos dominantes, deve balizar toda a ação militante, formando e reformulando massa crítica e ação e atuação constantes. No caso do sistema jurídico, Thoreau considerava os juízes como meros "inspetores" de um Estado que o filósofo considerava "ladrão" e "assassino" da liberdade. Nesse sentido, é preciso estabelecer a diferença entre justiça e legalidade. Ora, Thoreau questionava justamente leis que mantinham pessoas escravizadas, consideradas menos humanas que outras. Ou seja, a escravidão era um sistema legal. Mas a pergunta do filósofo para todos nós era: é justo? E podemos, ainda, adicionar outra camada à questão: é legítimo?

A relação entre legalidade e legitimidade é um embate reflexivo importante nas discussões acerca do conceito de desobediência civil. Não seria legítimo que pessoas se levantassem diante de injustiças? Para Thoreau, a desobediência, o questionamento e a discordância são direitos fundamentais. A disseminação da ideia de obediência como princípio divino beneficia o Estado, posto que promove a alienação. A desobediência causa incômodos, promove tensões e distensões, desconforta e, com isso, mobiliza a consciência.

A consciência é um ponto de inflexão importante para Thoreau – e para muitos filósofos no decurso histórico. Para a possibilidade de uma "revolução pacífica", o filósofo afirma de modo categórico que é preciso recusar a submissão; conscientizar-se de si; questionar se o que é legal é justo; e não desempenhar papéis que perpetuam e reafirmam injustiças. No caso do último, para Thoreau, há sentido de responsabilidade, mesmo que em alienação se obedeça sem questionar. Isso porque seria infringir a moral e a ética obedecer sem exercer o livre-arbítrio ou uma capacidade inata humana para o questionamento.

A tomada de consciência, para Thoreau, é uma capacidade fundamental, algo que dá sentido ao humano. Portanto, ter essa consciência de si e de como se vive é essencial para o exercício da resistência e da desobediência civil. Essa consciência, contudo, deve se dar nos marcos do reconhecimento de um poder sobre si mesmo. Ou seja, o questionamento, para Thoreau, deve partir do indivíduo, que, a partir disso, formará consciência e espírito crítico. Esse é um ponto que propiciou uma inflexão importante por parte de Hannah Arendt acerca da desobediência civil e das limitações das formulações realizadas por Thoreau.

Conforme aponta o prof. Mário Sérgio Vaz, para Hannah Arendt, os eventos entre 1960 e 1970 adicionam outros contornos ao entendimento sobre a desobediência civil, que passa a ser compreendida como uma forma ativa de envolvimento político que se realiza, essencialmente, em grupo. Ou seja, a consciência individual seria uma dimensão importante como ponto de partida, porém limitada na perspectiva futura de transformação, de legitimidade e justiça. Limitada ao campo do indivíduo, a desobediência civil estaria também restrita ao campo moral – quando, em verdade, para a pensadora, a desobediência civil tem contornos explosivos para a revitalização do sistema democrático e republicano. Se a ideia é a afirmação da liberdade, os parâmetros e os objetivos devem realizar-se na arena política.

A desobediência civil necessita, portanto, da publicidade e da coletividade para alcançar efeitos concretos. Da publicidade porque é um objetivo dessa estratégia ampliar o alcance da causa e da mensagem para sensibilizar outras pessoas. Nisso, então, reside a força e o êxito da desobediência civil. E da coletividade porque, se reconhecidamente política, pretende inspirar e mobilizar outros agentes para que a pressão exercida garanta os direitos defendidos. Ou seja, o embate é do campo político da ação, que se realiza de forma compartilhada, em comunidade e no coletivo, para atualizar e/ou modificar o poder.

Assim, é importante retomar a discussão sobre legalidade e legitimidade. Um sistema de leis é pensado e aprovado a partir de embates e discussões na sociedade, pela conformidade ou não de maiorias políticas. Nesse sentido, a legalidade pode ser questionada, modificada. A legitimidade reside no exercício cidadão de participação, de reivindicação, de estabelecimento de limites à atuação do Estado. Para que outros e novos precedentes sejam estabelecidos, é preciso que haja ação do povo. E essa ação deve, nesse sentido, ser vazão de um projeto político organizado. Ou seja, a legitimidade se caracteriza pela demanda cidadã na garantia de um direito e na busca por justiça e liberdade.

Há os que afirmem que, para Thoreau, o foco estaria na preservação da integridade de si. Ou seja, a defesa da justiça e o questionamento das leis injustas se daria por um incômodo individual da consciência. O filósofo chegou a afirmar, em seu ensaio *Caminhada*, que não aspirava relacionar-se ou pertencer à organização social vigente, que se recusava à sujeição ao Estado e que preferia ficar "fora do seu alcance". Ao declarar uma "guerra silenciosa ao Estado",

Thoreau não estava negando o Estado. Ele afirmou que este não deveria ser de todo abolido, mas mantido para mínimas necessidades e garantias ordenadoras. O filósofo chega a divagar brevemente a respeito da democracia, colocando-a como aperfeiçoamento de regimes absolutistas, sinal de "progresso em direção a um respeito verdadeiro pelo indivíduo". Reconhece, no entanto, suas limitações, e questiona a visão corrente de que a democracia como nós conhecemos representaria um desenvolvimento último em matéria de governo. Nesse sentido, as formulações de Thoreau também nos auxiliam na reflexão sobre o sistema democrático representativo.

Mesmo que não tivesse a intenção de ser ativo em organizações e em uma comunidade, Thoreau afirmava que a participação consciente e crítica era um dever cidadão. Ou seja, a questão da representação e da representatividade se colocavam em suas limitantes. A desobediência civil poderia, então, ser pensada como um mecanismo de aprimoramento democrático e sistêmico, tendo em vista que não objetiva a destruição do Estado, mas a garantia de direitos, cidadania, justiça, igualdade e liberdade. Assim, cabe aos cidadãos não somente a fiscalização, como vemos hoje nas democracias burguesas e representativas, mas a incidência direta sempre que necessário e na vista de injustiças. A desobediência civil é um instrumento que emerge quando os canais de diálogo inexistem, não funcionam e/ou se esgotam. Com isso, não visa ruptura, mas a resistência às ações e normatizações antidemocráticas e que reproduzem desigualdades.

A discussão em torno da legalidade e da legitimidade da desobediência civil é corrente no âmbito do direito. Para Frédéric Gros, no entanto, essa é uma falsa polêmica. Toda desobediência civil é legítima, tendo em vista que a democracia, mesmo a representativa burguesa, não é um sistema meramente procedimental e rígido, mas um processo que se move e se modifica, que demanda crítica e participação, que exige "liberdade, igualdade e solidariedade". A democracia é um sistema político que tem a tensão como elemento central, bem como o embate, o questionamento, a ação pública.

Aqui, me permito um parêntese para remeter às formulações de Audre Lorde sobre os usos da raiva ao falar sobre os estereótipos de mulheres negras. Ao participar de uma conferência de mulheres, Audre Lorde se voltou ao auditório, majoritariamente branco, para questionar as posturas refratárias aos posicionamentos de mulheres negras no movimento feminista, sob o verniz argumentativo de que seriam – ela incluída – "muito agressivas". Para ela, assim como para bell hooks, Brittney Cooper, Cornel West, entre outros intelectuais negros, a suposta agressividade é, em verdade, uma indignação e sentimento de raiva de caráter positivo, porque potencializadores do incômodo, do debate e, com isso, da possibilidade de construção de consensos. Para esses intelectuais, não é silenciando problemáticas que iremos superá-las, mas enfrentando-as com a disposição necessária para o exercício da fala e sobretudo da escuta das vozes historicamente subalternizadas. Pode parecer uma ideia fora de lugar, mas Lorde estava, em essência, defendendo a tensão e a raiva como forças motrizes para propiciar o embate, o diálogo e a construção de consensos. Não seria essa uma defesa radical de ideais democráticos?

O levante, o questionamento, a organização, a mobilização, a raiva e o tensionamento são dinâmicas de conflito que sempre existiram em sociedade. Afinal, somos equânimes na diferença, o que se reflete na diversidade de nossas ideias e de como sentimos e percebemos o mundo. Com isso, a vida em sociedade e as relações sociais sempre serão atravessadas por tensões e discordâncias. Para Thoreau, esse tensionamento desembocaria em um respeito intransponível ao indivíduo. Para outros formuladores, críticos sistêmicos de processos que podem tender ao individualismo, essa dinâmica deveria caminhar para um projeto futuro compartilhado e comum, já que, como aponta Frédéric Gros, é preciso "desobedecer juntos" para reinventar o futuro.

Um ponto não menos importante reside no uso ou não da violência como ferramenta da desobediência civil. Como temos exemplos históricos que ficaram marcados pela defesa da não violência, costuma se considerar que esse seria um pilar dessa ferramenta política. Contudo, tanto nos textos de Thoreau quanto nas formulações de Luther King, não há uma negação total da violência, embora em ambos haja a explícita defesa de ações pacíficas. No caso de dr. King, há, inclusive, o exemplo histórico dos treinamentos aos quais os ativistas pelos direitos civis eram submetidos para aguentar ao máximo os insultos e agressões sem revidar. Henry Thoreau é explícito ao falar em "revolução pacífica", portanto em atuação que evite a violência. Mas ele também destaca que, em caso de violência física, é preciso lembrar que o foco de combate é a violência injusta do Estado. Já Martin Luther King Jr. colocava que, caso a violência fosse escolhida como um meio ou fosse inevitável, seria preciso aceitar as consequências desses atos. Retoma-se, então, a ideia de que a desobediência civil é um instrumento para reivindicar a atualização da democracia, e não a ruptura sistêmica.

Voltemos a Luther King, um dos maiores expoentes na utilização da desobediência civil como ação coletiva. A organização de marchas, a defesa da resistência pacífica, a busca de diálogos com tensionamentos certeiros e estratégicos foram algumas das táticas fundamentais na defesa e na garantia dos direitos civis para negros estadunidenses.

A desobediência civil é uma ação política ante a submissão, porque exercida a partir da consciência; ante o consentimento, porque é questionadora e crítica; e ante o conformismo, porque mobiliza e reposiciona. A desobediência civil produz tensionamentos e movimentos positivos porque fortalece a ação e a prática do comum. Em consonância a Martin Luther King Jr. e Frédéric Gros, "desobedecer é uma declaração de humanidade".

JULIANA BORGES é escritora, livreira e consultora. Atua como conselheira da Plataforma Brasileira de Política de Drogas e da Iniciativa Negra por uma Nova Política de Drogas e como consultora na área de violência do Projeto Reconexão Periferias (FPA). É cofundadora da Orí Lab (Laboratório de Ideias sobre Raça, Gênero e Justiça Crimina) e sócia-proprietária da HG Publicações. Colunista da Universa/UOL e Bemglo, é autora dos livros *Encarceramento em massa* (Feminismos Plurais/Jandaíra, 2019) e *Prisões: espelhos de nós* (Todavia, 2020). Tem como áreas de pesquisa e incidência: política criminal, segurança pública, feminismos e relações raciais.

REFERÊNCIAS

ARENDT, Hannah. *Crises da República.* Trad. José Volkmann. São Paulo: Perspectiva, 2019.

GROS, Frédéric. *Desobedecer.* Trad. Célia Euvaldo. São Paulo: Ubu, 2018.

KING, Martin Luther. *Why We Can't Wait.* Nova York: Penguin Random House, 2000.

VAZ, Mario Sérgio de Oliveira. "Para além do legalismo: Arendt e a desobediência civil". *Griot: Revista de Filosofia.* v. 20, n. 3, 2020, pp. 284-294. Disponível em: https://www3.ufrb.edu.br/seer/index.php/griot/article/view/1940. Acesso em: 17 jul. 2022.

THOREAU, Henry David. *A desobediência civil.* Trad. André Czarnobai. Rio de Janeiro: Antofágica, 2022.

THOREAU PELAS LENTES DO PENSAMENTO BRASILEIRO

Autonomia e desobediência numa experiência periférica

por João Marcelo E. Maia

AUTONOMIA, DESOBEDIÊNCIA E DEMOCRACIA

Este breve ensaio propõe a leitura do notável texto de Thoreau a partir do que chamamos de "pensamento social brasileiro" – isto é, a partir do conjunto de obras e escritos de intelectuais que foram consagrados por buscar explicações a respeito do funcionamento de nossa sociedade. A ideia aqui é tomar um dos grandes temas de Thoreau – a autonomia do sujeito em relação ao Estado – para pensar as tensões entre República e (des)obediência, problema também central para muitos textos que forjaram nossa maneira de entender o Brasil.

A desobediência pregada por Thoreau tinha motivações específicas e contextuais – a guerra contra o México (1846-1848) e a escravidão –, mas fundava-se sobretudo em argumentos filosóficos sobre os cidadãos e o império das leis. Na pena do norte-americano, o valor mais alto era o da autonomia da razão individual, ou, por assim dizer, da consciência subjetiva do indivíduo, que é situada em tensão com o Estado e suas leis. Ao longo de *A desobediência civil*, Thoreau defende não apenas a desobediência prática, mas o cultivo à integridade moral do sujeito, que se situa *à parte* da máquina estatal.

A vida posterior desse curto texto transformou seu autor numa espécie de pioneiro do pensamento anarquista e de outras causas progressistas radicais do século xx, como a descolonização e o pacifismo. Porém, não é óbvia a associação dessa ideia à tradição democrática. Afinal, há uma tensão entre a autonomia da consciência individual e o princípio majoritário que marcaria as democracias representativas modernas. Nas palavras do próprio autor:

"Não seria possível a existência de um governo no qual não é a maioria que decide, praticamente, o que é certo ou errado, mas sim a consciência? No qual as maiorias decidem somente as questões às quais a regra da conveniência se possa aplicar? O cidadão deveria, mesmo que apenas por um instante, ou mesmo que minimamente, abrir mão de sua consciência em favor de um legislador? Para que, então, teríamos uma consciência? Penso que devemos ser homens em primeiro lugar, para só então sermos súditos. Não é desejável cultivar um respeito pela lei que se equivalha ao respeito pelo que é certo." (pp. 40-46)

Esse conhecido trecho apresenta uma tensão entre a consciência, atributo de um indivíduo, e o governo, aspecto externo a essa consciência, fundado na autoridade das leis. Na visão de Thoreau, a consciência relaciona-se a uma questão moral sobre o certo ou errado, ao passo que o governo, em boa parte de suas atividades, funda-se na conveniência e apoia-se na legitimidade das maiorias. Trata-se, portanto, de delimitar que o governo é tanto melhor quanto mais se aproximar de formas de autogoverno que preservem o espaço da consciência de cada cidadão. Como diz o autor:

"Mas, falando em termos práticos e como cidadão, ao contrário daqueles que se proclamam antigoverno, o que proponho de imediato não é que tenhamos governo nenhum, mas que tenhamos, sim, *imediatamente*, um governo melhor. Se cada homem puder expressar qual tipo de governo ganharia seu respeito, avançaríamos um passo em direção a obtê-lo." (p. 35)

Há muito o que se analisar nessas passagens, e os intérpretes da obra de Thoreau sempre debateram o quanto ele se afastava ou se aproximava da democracia representativa como forma de organização política.[1] Se é possível falar em uma crença democrática, ela está baseada na defesa de mecanismos de autogoverno que evitem que cidadãos se transformem em súditos. Note-se também que a pregação de uma necessária distância entre o governo das leis e a esfera de autonomia dos cidadãos não está a serviço de um argumento próximo do

---

1. Os interessados na filosofia política de Thoreau ganhariam muito consultando a obra *A political Companion to Henry David Thoreau*, organizada por Jack Turner (Lexington: The University Press of Kentucky, 2009). A parte I dessa coletânea, "Thoreau and Democracy", é de especial interesse para a análise da tensão entre autonomia e democracia.

privatismo e do liberalismo negativo, pois não se traduz em um desinteresse pela vida em comum. Afinal, a desobediência pregada por Thoreau não é motivada pela vontade de abdicar da República e se voltar para seus próprios apetites; pelo contrário: ela é *cívica,* alimentada pelo protesto contra a injustiça e pela defesa de um ideal ético de vida.

Como esses argumentos se situam a partir da experiência brasileira da segunda metade do século XIX, quando vivíamos num Império cujo alicerce era a escravidão?

A MÁQUINA DA OBEDIÊNCIA E SEUS DESOBEDIENTES: O IMPÉRIO NO BRASIL

Ler Thoreau com os olhos no Brasil não é uma experiência inédita. No nosso pensamento – na verdade, na própria imaginação latino-americana mais amplamente considerada –, as comparações com os Estados Unidos e seus pensadores constituíram-se em uma verdadeira tradição.[2]

Mas esse jogo de espelhos não deve ser tomado como uma comparação objetiva entre duas sociedades, feita a partir de um ponto de vista supostamente neutro. Trata-se, na realidade, da forma como intelectuais brasileiros pensam os próprios problemas nacionais produzindo visões sobre a experiência norte-americana. A esse exercício damos o nome de *americanismo* no pensamento brasileiro – e é, portanto, uma busca por elementos que possibilitem pensar nossa experiência periférica a partir desse Outro americano.

Quando o texto de Thoreau foi publicado, em 1849, o Brasil Império vivia o período conhecido como Segundo Reinado, que se iniciara em 1840 com a ascensão ao trono do então jovem Pedro II. Esse período foi marcado por uma hegemonia conservadora que empreendeu um processo de centralização

---

2. Cf. Lucia Lippi Oliveira, *Americanos: Representações da identidade nacional no Brasil e nos Estados Unidos*. Belo Horizonte: Editora UFMG, 2000.

política e tornou o escravismo uma instituição fundamental na economia e na sociedade brasileiras.

Naquele contexto, a defesa radical da autonomia, tal como lemos em Thoreau, soaria estranha aos ouvidos de dirigentes que procuraram coordenar a construção de uma engenhosa máquina de obediência a um Estado que se pretendia condutor da civilização em um território vasto e fragmentado.[3]

No entanto, o tema não estava ausente do debate promovido por liberais e federalistas brasileiros. É possível rastrear, ainda nos anos 1820, a produção de um vocabulário político que valorizava o federalismo e defendia a autonomia das províncias, que seriam as entidades políticas legítimas a partir das quais se construiria um novo Estado-Nação.

O tema da autonomia ganhou uma retomada "americana" nos escritos de liberais como Aureliano Tavares Bastos. Em seus textos mais conhecidos,[4] Tavares Bastos atacou a máquina centralizadora do Segundo Reinado e a escravidão, e defendeu conhecidos temas liberais, como o livre-comércio, a descentralização administrativa e a autonomia das províncias. Mas Tavares Bastos era um homem da elite política brasileira,

---

3. Para uma discussão filosófica desse ponto por meio do conceito de "iberismo", cf. Rubem Barboza Filho, *Tradição e artifício: O barroco na formação americana* (Belo Horizonte: Editora UFMG, 2000). Para uma análise sobre o significado sociológico do iberismo, cf. Luiz J. Werneck Vianna, *A Revolução Passiva: Iberismo e americanismo no Brasil* (Rio de Janeiro: REVAN, 1997); para um apanhado do debate historiográfico sobre a construção do Estado imperial e as conexões entre grandes proprietários rurais e elites políticas, cf. Ricardo Henrique Salles, "O Império do Brasil no contexto do século XIX – Escravidão nacional, classe senhorial e intelectuais na formação do Estado" (Almanack, v. 4, dez 2012, pp. 5-45).

4. Um dos mais conhecidos é *A Província: Estudo sobre a descentralização no Brasil* (Garnier, 1870). Mas esses argumentos podem ser apreendidos numa leitura do folheto "Os males do presente e as esperanças do futuro", escrito pelo jovem político em 1861. Cf. Aureliano Tavares Bastos, *Os males do presente e as esperanças do futuro: Estudos brasileiros* (São Paulo: Companhia Editora Nacional, 1939). Ambos os livros são facilmente encontráveis em versões digitalizadas legais, por estarem em domínio público.

assim como outros reformadores, fato que impunha limites às suas ideias sobre autonomia.

Mesmo entre abolicionistas notórios, como o engenheiro André Rebouças, o tema da crítica ao escravismo era encaminhado pela via da reforma. Rebouças nutria um entusiasmo pelo modelo da pequena propriedade agrária, ou seja, de uma sociedade mais democrática baseada numa classe média proprietária de terras, o que contrastava com o modelo latifundiário que sempre marcou o Brasil. Como mostrou a socióloga Maria Alice Rezende de Carvalho, essa perspectiva se fundava numa visão da autonomia dos indivíduos, que ele aprendeu a valorizar estudando a experiência norte-americana.[5] Mas tal entusiasmo americanista não se orientava para a tensão entre indivíduo e governo das leis, mas para o estímulo ao associativismo, isto é, a capacidade de os cidadãos se organizarem coletivamente em torno de interesses comuns. Rebouças também acreditava que o imperador teria um papel importante a cumprir, impulsionando o fim da escravidão e a democratização da sociedade.

Não é nos escritos desses homens que encontraremos algo próximo do texto de Thoreau, mas na ação coletiva de escravizados, jornalistas, políticos e escritores que, na década de 1880, desafiaram a repressão e empreenderam uma campanha de "retomada de territórios" que emulava a desobediência cívica norte-americana. Em seu posfácio a esta edição, Juliana Borges destaca exatamente como a dimensão pública e coletiva dos atos de desobediência cívica é fundamental para entender o alcance democrático da ideia de Thoreau.[6]

---

5. Cf. Maria Alice Rezende de Carvalho, *O Quinto Século: André Rebouças e a construção do Brasil*. Rio de Janeiro: REVAN, 1998.

6. Para uma análise do abolicionismo como um movimento social, cf. Angela Alonso, *Flores, balas e votos: O movimento abolicionista brasileiro (1868-1888)*. São Paulo: Companhia das Letras, 2015.

Como se vê, pensar o tema da desobediência à luz do pensamento brasileiro implica entender a diversidade de intérpretes que compõem nossa experiência nacional. A mesma lição vale para a República.

INDIVÍDUO, REPÚBLICA E DESOBEDIÊNCIA

Como vimos, a defesa que Thoreau faz da desobediência cívica se baseia numa visão filosófica da autonomia do indivíduo. Ao longo da República brasileira, encontramos outras formas de ler o fenômeno do individualismo, que nos leva a maneiras distintas de conceber a relação entre autonomia e (des)obediência.

O livro *Raízes do Brasil* foi lançado em 1936 e ganhou uma segunda edição em 1948. Nesse pequeno clássico, o historiador paulista Sérgio Buarque de Holanda analisou as possibilidades de implantação da democracia liberal em uma sociedade ainda fortemente agrária, na qual os valores particularistas da vida familiar dificultavam a construção da cidadania. Como o autor fez significativas modificações entre as duas primeiras edições, o texto continua a suscitar controvérsias entre seus melhores intérpretes. Afinal, Sérgio Buarque estaria defendendo a necessidade de modernizar o país para torná-lo mais democrático, ou apontando a impossibilidade de sermos verdadeiramente liberais, por conta de nossa cultura "cordial"?[7]

Destaco a caracterização que Sérgio Buarque faz do individualismo brasileiro, que difere substancialmente do modo como o tema é construído em Thoreau. No capítulo "Fronteiras da Europa", o historiador paulista escreve:

---

7. A edição crítica dessa obra lançada pela Companhia das Letras em 2016 para celebrar os oitenta anos da primeira edição traz um alentado estudo que analisa tais polêmicas. Cf. Pedro M. Monteiro e Lilia M. Schwarcz, "Introdução – Uma edição crítica de *Raízes do Brasil*: o historiador lê a si mesmo" (In: Sérgio Buarque de Holanda, *Raízes do Brasil*. Ed. crítica. Org. de Pedro M. Monteiro e Lilia M. Schwarcz. São Paulo: Companhia das Letras, pp 11-26).

"Pode dizer-se, realmente, que pela importância particular que atribuem ao valor próprio da pessoa humana, à autonomia de cada um dos homens em relação aos semelhantes no tempo e no espaço, devem os espanhóis e portugueses muito de sua originalidade nacional. Para eles, o índice do valor de um homem infere-se, antes de tudo, da extensão em que não precise depender dos demais, em que não necessite de ninguém, em que se baste".[8]

Ora, estaríamos aí próximos, portanto, do tema da autonomia tal como descrito por Thoreau? Não exatamente. Buarque de Holanda associa esse individualismo a uma cultura da personalidade que não estaria fundada nem numa ética de trabalho, nem na capacidade de autogoverno, mas na valorização extrema da independência e da personalidade de um homem em relação aos demais. Ou seja, trata-se de um individualismo "autárquico", que não opera para a produção de cooperação entre os homens. Afinal, "em terra onde todos são barões não é possível acordo coletivo durável, a não ser por uma força exterior respeitável e temida".[9]

O historiador paulista considera que esse tipo orgulhoso de individualismo fazia os povos ibéricos oscilarem entre a anarquia e o autoritarismo. No primeiro caso, esses povos seriam incapazes de se organizar segundo leis aplicadas a todos de forma igualitária, produzindo uma desordem da vida social. No segundo, só chefes ou governos fortes seriam capazes de domar as personalidades e produzir o que Thoreau tanto temia – a obediência. Vejamos:

"À autarquia do indivíduo, à exaltação extrema da personalidade, paixão fundamental e que não tolera compromissos, só pode haver uma alternativa: a renúncia a essa mesma personalidade em vista de um bem maior. Por isso, mesmo que rara

---

8. Sérgio Buarque de Holanda, op. cit., p. 41.

9. Ibid., p. 42.

e difícil, a obediência aparece algumas vezes, para os povos ibéricos, como virtude suprema entre todas".[10]

Mas é na obra de um outro escritor conhecido do nosso cânone que encontraremos uma lente alternativa para pensar o tema da "autonomia à brasileira". Refiro-me a Lima Barreto, que construiu um projeto criativo original enquanto lutava para viver uma vida livre – ou melhor, tão livre quanto possível para um homem negro no Brasil racista da Primeira República. Lima nos faz pensar em formas de desobediência baseadas em uma busca de autonomia pelas margens, e não por meio do choque direto entre autonomia moral do indivíduo e Estado.

A forma como ambos os escritores estilizaram seus momentos de reclusão forçada permite uma primeira comparação. Thoreau passou um dia na prisão após se recusar a pagar impostos – episódio descrito no livro que o leitor tem em mãos e muito bem explicado no estudo assinado por Rafael Mafei –, e Lima sofreu duas internações por alcoolismo que lhe marcaram a alma e a escrita. Novamente, a eventual semelhança das situações poderia nos levar a uma comparação fácil, motivada pela construção pública dos dois escritores como "libertários" e "anarquistas". Mas o sentido da prisão na experiência intelectual de cada um é diverso, e nos conduz a outra forma de entender autonomia e República.

Em Thoreau, o episódio da prisão serve para enfatizar a força moral do autor e a incapacidade do Estado em lhe capturar a alma. Vejamos a passagem em que descreve de forma cáustica a suposta eficácia da prisão:

"Não pago o imposto individual há seis anos. Certa feita, passei uma noite preso por causa disso; e, no tempo em que fiquei ali, contemplando as paredes de pedra maciça com dois ou três pés de espessura, a porta de madeira e ferro de um pé de

---

10. Ibid, p. 54.

espessura, e as grades de ferro que filtravam a luz, não pude deixar de me espantar com a imbecilidade de uma instituição que me tratava como se eu fosse simplesmente um amontoado de carne, sangue e ossos passível de ser trancafiado." (p. 119-120)

Esta última frase expressa a dualidade entre o controle dos corpos, uma atribuição da instituição prisional, e a fortaleza do espírito, o lugar da autonomia do confinado. Thoreau encara esse quase cômico episódio como um teste que demonstraria sua força moral. Continua o autor: "Não me senti confinado por nem um momento sequer, e aquelas paredes me pareceram um tremendo desperdício de pedra e argamassa" (p. 120). E segue:

"Dessa forma, o Estado jamais confronta intencionalmente o senso intelectual ou moral de um homem, mas apenas seu corpo e seus sentidos. Não é dotado de inteligência ou de honestidade superiores, somente de mais força física. Não nasci para ser obrigado a nada. Respirarei à minha própria maneira. Veremos quem é o mais forte." (p. 123)

E o que diz Lima Barreto no conhecido *Diário do Hospício*, registro de sua segunda internação no Hospital Nacional dos Alienados, entre dezembro de 1919 e fevereiro de 1920?

"Digo com franqueza, cem anos que viva eu, nunca poderão apagar-me da minha memória essas humilhações que sofri. Não por elas mesmo, que pouco valem: mas pela convicção que me trouxeram de que esta vida não vale nada, todas as posições falham e todas as precauções para um grande futuro são vãs".[11]

Lima habitava um corpo negro numa República racista, exposto não a um coletor de impostos, mas às novas formas

---

11. Lima Barreto, *Diário do Hospício; cemitério dos vivos*. São Paulo: Cosac Naify, 2010, p. 82.

de poder disciplinar, sintetizadas na medicina e na psiquiatria. Os efeitos desses saberes sobre Lima não contribuíram para reafirmar a autonomia moral do sujeito diante do Estado, mas reforçaram a dor e a melancolia que assombraram a busca de liberdade dos homens negros no Brasil republicano. "Esta passagem várias vezes no Hospício e outros hospitais deu-me não sei que dolorosa angústia de viver que me parece ser sem remédio a minha dor".[12]

Mas seria um erro reforçar apenas a melancolia produzida pela opressão do Estado sobre os subalternos no Brasil. Nessa mesma República, homens e mulheres se organizaram em círculos e movimentos anarquistas, buscando formas de autogoverno e experimentando novos modos de viver coletivamente.[13] Além disso, o mesmo Lima Barreto demonstrou, em seus diversos textos, a força da crítica insubmissa, que denunciava o governo das leis não a partir de uma ética americana, mas por meio da galhofa, da sátira e da invenção de modos de narrar e falar que expõem a impostura do Estado e da polícia.

Essa crítica insubmissa relaciona-se a uma experiência mais geral, que diz respeito ao modo como homens e mulheres negros buscaram afirmar suas vidas autônomas numa República ainda excludente e racista, combinando resistência, laços de solidariedade e criatividade político-cultural. Como mostrou a historiadora Ynaê Lopes dos Santos:

"Rodas de samba e de jongo, terreiros de candomblé, tambores de mina, blocos e escolas de Carnaval, peças de teatro de revista, bailes, concursos de beleza e jornais são outros

---

12. Ibid, pp. 83

13. Para um estudo sobre as ideias que circulavam na imprensa anarquista do Rio de Janeiro à época, cf. Pedro Faria Cazes, *Os libertários do Rio: Visões do Brasil e dilemas da auto-organização da imprensa anarquista da Primeira República*. Tese (Doutorado em Sociologia apresentada ao Programa de Pós-Graduação em Sociologia do IESP). Rio de Janeiro, UERJ, 2020.

exemplos da política protagonizada por negros e negras na Primeira República".[14]

Resta-nos, portanto, questionar o saldo dessas disputas em torno da autonomia no Brasil contemporâneo.

EPÍLOGO: AS DESVENTURAS DA AUTONOMIA NO BRASIL DE 2022

As chamadas Jornadas de Junho de 2013 liberaram novas energias na democracia brasileira, mas a tormenta que se seguiu nem sempre teve dimensão positiva. Por um lado, é possível ver na retomada de movimentos autonomistas ecos de uma imaginação radical que se recusa a sacralizar o poder de Estado.

No entanto, essas energias também despertaram outros demônios. A mais recente onda ultraconservadora valoriza de forma absoluta a suposta liberdade de ação de seus principais personagens – empresários, homens do "agro", militares, mineradores etc. São constantes, no discurso oficial, as menções ao modo como o "sistema" e o Judiciário supostamente atrapalham o homem comum e ameaçam roubar as liberdades que seriam a base de toda vida democrática.

Não poderia existir nada de mais oposto à pregação autonomista de Thoreau. Suas ideias sobre desobediência cívica se fundavam numa defesa da justiça, e eram acionadas contra duas questões de seu tempo que reproduziam desigualdades – a escravidão e a expansão militar norte-americana no México. Ao mesmo tempo, sua valorização da experiência individual em detrimento da conveniência da vida em sociedade desafia qualquer espírito de horda – comum nos tempos atuais de fake news. Ou seja, a crítica ao "governo dos escravos" e aos expedientes da reforma

---

14. Ynaê Lopes dos Santos, *Racismo brasileiro: Uma história da formação do país*. São Paulo: Todavia, 2022, p. 205.

moderada não estão a serviço de um libertarianismo reacionário, mas da denúncia das iniquidades, e por isso animaram lideranças e pensadores progressistas e pacifistas ao redor do mundo.

A provocação contemporânea de Thoreau ao Brasil é, portanto, um convite a revisitar o tema da autonomia dos indivíduos numa sociedade periférica que ainda tem um universo de injustiças para resolver. Convido o leitor a essa tarefa.

JOÃO MARCELO E. MAIA é sociólogo e professor da Escola de Ciências Sociais (CPDOC) da Fundação Getulio Vargas.

REFERÊNCIAS

BARRETO, Lima. *Diário do Hospício; cemitério dos vivos*. São Paulo: Cosac Naify, 2010.

HOLANDA, Sérgio Buarque de. *Raízes do Brasil*. Ed. crítica. Org. de Pedro M. Monteiro e Lilia M. Schwarcz. São Paulo: Companhia das Letras, 2016.

SANTOS, Ynaê Lopes dos. *Racismo brasileiro: Uma história da formação do país*. São Paulo: Todavia, 2022.

THOREAU, Henry David. *A desobediência civil*. Trad. André Czarnobai. Rio de Janeiro: Antofágica, 2022.

Dados Internacionais de Catalogação na Publicação (CIP)

T488d   Thoreau, Henry David

A desobediência civil / Henry David Thoreau ; tradução por André Czarnobai ; ilustrado por Mateus Acioli. – Rio de Janeiro : Antofágica, 2022.
224 p. : il. ; 12 x 18 cm

Textos extras por: Meteoro Brasil, Rafael Mafei, Juliana Borges e João Marcelo
Título original: Civil Disobedience

ISBN: 978-65-86490-62-6

1. Literatura norte-americana. I. Czarnobai, André. II. Acioli, Mateus. III. Título.

CDD: 813   CDU: 821.111(73)

André Queiroz – CRB 4/2242

Todos os direitos desta edição reservados à

Antofágica
prefeitura@antofagica.com.br
facebook.com/antofagica
instagram.com/antofagica
Rio de Janeiro — RJ

1ª edição, 2022.

O melhor governo é aquele que twitta menos.

Esta edição, transcrita dos recibos de impostos não pagos por Thoreau, foi composta em Helvetica e Times New Roman e impressa em papel Pólen 80g, em agosto de 2022, pelos pacifistas da Ipsis Gráfica.